北大版中国文化通识教育书系

中国现当代文学

王小曼　编著

图书在版编目（CIP）数据

中国现当代文学 / 王小曼编著. — 北京 ：北京大学出版社，2015. 10
（北大版中国文化通识教育书系）
ISBN 978-7-301-25931-3

Ⅰ. ①中… Ⅱ. ①王… Ⅲ. ①中国文学—现代文学—文学研究 ②中国文学—当代文学—文学研究 Ⅳ. ①I206. 6 ②I206. 7

中国版本图书馆 CIP 数据核字（2015）第 125006 号

书　　名 中国现当代文学
ZHONGGUO XIANDANGDAI WENXUE
著作责任者 王小曼　编著
责任编辑 任　蕾
标准书号 ISBN 978-7-301-25931-3
出版发行 北京大学出版社
地　　址 北京市海淀区成府路 205 号　100871
网　　址 http://www.pup.cn　　新浪微博：@北京大学出版社
电子信箱 zpup@pup.cn
电　　话 邮购部 62752015　发行部 62750672　编辑部 62753334
印 刷 者 三河市博文印刷有限公司
经 销 者 新华书店
730 毫米 ×980 毫米　16 开本　12.75 印张　186 千字
2015 年 10 月第 1 版　2024 年 6 月第 5 次印刷
定　　价 37.00 元

前 言

相对中国古典文学几千年的发展历史而言，现当代文学从 1917 年至今仅仅走过了不到一百年的历程。然而，正是在这短短的时间里，中国文学完成了它的现代化转型。不仅在形式上脱离了文言文，更在思想上迅速成熟，并努力追赶着世界各民族现代文学的步伐，乃至与之并肩同行。经过近百年的努力，无数作家在灿烂辉煌的中国古典文学基础上，兼容中外，以谦虚的精神和好学的态度大量吸取其他民族文化的养分和精华，创造出了大批符合现代精神的优秀文学作品。这些真实反映重大历史变革和社会转型期社会面貌及民众心路历程、精神状态的作品，不仅是中华民族，也是世界人民宝贵的文化财富。

本书对 1917 年以来的 20 世纪中国文学的重要作家、作品进行全面的介绍和总结，旨在使学习者从宏观上把握中国现当代文学的发展脉络，同时也能够较为深入地了解部分具有代表性的作家及其作品。

中国现当代文学的内容庞大而深厚，要想全面了解并深入掌握并非易事，因此，本书采取以概述带动章节，以作家作品独立成章的编写体例。概述部分按照现当代文学的不同发展阶段划分为五大单元，其中现代文学以三个十年为标志占据三个单元，当代文学以 1989 年为界分成两个单元。五个单元各选取二至五位作家为该阶段的代表人物分列章节，每章以三至四节的篇幅分别介绍作家生平及其代表作品的内容梗概、思想意义、艺术成就等几个方面的内容。每章最后一节简单介绍与该作家同类，或同期，或相关的作家群或者文学流派及其代表作品。采用这一体例，意在使学习者对中国现当代文学既有“点”的深入了解，又有“面”的整体把握。

为了与课程设置相配套，我们将本书定为十五章，其中第一章至第九章为现代文学部分，时间起讫为 1917 年至 1949 年；第十章至第十五章为当代文学部分，时间起讫为 1949 年至 2000 年。本书按照一星期一章的教学进度编排，因此以一周四个学时为单位推进教学，基本上可以在一个学期内完成全部学习内容。

本书在选择代表性作家的问题上遇到一些难题，因为优秀作家远不止本书所选十五位。同时，我们还必须顾及小说、诗歌、戏剧等不同的文学样式。最终，我们将选择作家的宗旨定为：尽量顾及不同体裁、不同流派、不同风格以及作家的海内外声誉，选取成就最为突出，或最具时代标志性、潮流代表性的作家作品。为全书十五章的结构体例和十万字的篇幅所限，本书无法将更多优秀作家介绍给学习者。作为弥补，我们尽量在各章的相关小节中做一些延伸性的作家作品介绍，感兴趣的读者可做进一步的拓展学习。

文学是语言和文化知识的综合体现，要想真正掌握和理解现代汉民族语言文化，系统、深入地学习中国现当代文学是十分必要和有益的方法。我们热切地希望学习者在本书的学习过程中能够真正有所收获，以至综合提高自己的汉语言及中国文化知识水平。

本书可供对中国现当代文学感兴趣的具有中等及中等以上文化程度的读者，特别是大学生和高中生阅读，从中获得中国现当代文学的基本知识，并以此为向导，进一步扩展阅读中国现当代文学的其他书籍。本书还可供具有中等以上汉语水平的外国人，包括在中国接受本科学历教育的留学生学习，使他们对中国现当代文学的整体面貌有所了解。

本书在编写过程中参考了不少现当代文学教材和专著，借鉴了许多学者的研究成果，在此深表诚挚谢意！

王小曼

复旦大学国际文化交流学院

目录

中国现代文学发展第一阶段（1917—1927）/1

概　述 /1

第一章　鲁迅与《呐喊》《彷徨》/4

第一节　鲁迅的人生经历 / 4

第二节　鲁迅的文学地位 / 7

第三节　小说集《呐喊》与《彷徨》/ 8

第四节　鲁迅小说的艺术成就 / 11

第五节　五四小说的现代化 / 13

第二章　郭沫若与《女神》/17

第一节　郭沫若的人生经历 / 17

第二节　诗歌集《女神》/ 20

第三节 《女神》的艺术成就 / 22

第四节 20年代中国新诗的艺术成就 / 25

中国现代文学发展第二阶段（1928—1937）/ 28

概　述 / 28

第三章 老舍与《骆驼祥子》/ 31

第一节 老舍的人生经历 / 31

第二节 长篇小说《骆驼祥子》 / 34

第三节 祥子的个人主义悲剧 / 36

第四节 老舍作品的艺术成就 / 37

第五节 30年代的通俗小说 / 39

第四章 茅盾与《子夜》/ 42

第一节 茅盾的人生经历 / 42

第二节 长篇小说《子夜》 / 45

第三节 《子夜》的艺术成就 / 47

第四节 30年代左翼文学的成就 / 50

第五章 巴金与“激流三部曲” / 54

第一节 巴金的人生经历 / 54

第二节 激流三部曲 / 57

第三节 “激流三部曲”的艺术特点 / 60
第四节 30年代的东北作家群 / 63

第六章 沈从文与《边城》/ 65

第一节 沈从文的人生经历 / 65
第二节 中篇小说《边城》/ 67
第三节 《边城》的主题和艺术风格 / 69
第四节 沈从文与京派小说 / 73
第五节 30年代的新感觉派小说 / 74

第七章 曹禺与《雷雨》/ 76

第一节 曹禺的人生经历 / 76
第二节 四幕话剧《雷雨》/ 78
第三节 曹禺的戏剧成就 / 81
第四节 30年代的中国戏剧创作 / 85

中国现代文学发展第三阶段（1937—1949）/ 87

概 述 / 87

第八章 钱锺书与《围城》/ 90

第一节 钱锺书的人生经历 / 90
第二节 长篇小说《围城》/ 92

第三节 《围城》的思想和艺术价值 / 95

第四节 40年代解放区的小说创作 / 99

第九章 张爱玲与《传奇》/ 102

第一节 张爱玲的人生经历 / 102

第二节 中短篇小说集《传奇》 / 105

第三节 张爱玲的小说技巧 / 108

第四节 40年代的都市小说 / 111

中国当代文学发展第一阶段（1949—1989）/ 113

概 述 / 113

第十章 张贤亮与《男人的一半是女人》/ 118

第一节 张贤亮小传 / 118

第二节 中篇小说《男人的一半是女人》 / 120

第三节 《男人的一半是女人》的历史反思 / 122

第四节 张贤亮的艺术探索 / 125

第五节 80年代初期的反思文学 / 127

第十一章 阿城与《棋王》/ 130

第一节 阿城小传 / 130

第二节 中篇小说《棋王》 / 131

第三节　《棋王》的寻根意识 / 133
第四节　《棋王》的艺术成就 / 135
第五节　80年代中期前后的寻根小说 / 138

第十二章　莫言与《红高粱》/ 141

第一节　莫言小传 / 141
第二节　中篇小说《红高粱》/ 144
第三节　《红高粱》的反传统意识 / 146
第四节　《红高粱》的艺术创新 / 148
第五节　80年代后半期的先锋小说 / 151

中国当代文学发展第二阶段（1990—2000）/ 154

概　　述 / 154

第十三章　苏童与《妻妾成群》/ 157

第一节　苏童小传 / 157
第二节　中篇小说《妻妾成群》/ 159
第三节　《妻妾成群》的新历史主义 / 160
第四节　《妻妾成群》的艺术特点 / 163

第五节　新历史主义小说的其他代表作家 / 167

第十四章　王朔与《动物凶猛》/ 170

第一节　王朔小传 / 170

第二节　中篇小说《动物凶猛》/ 172

第三节　商业性写作的典范 / 174

第四节　《动物凶猛》的叙事特点 / 176

第五节　90年代自成一格的小说创作 / 178

第十五章　王安忆与《长恨歌》/ 181

第一节　王安忆小传 / 181

第二节　长篇小说《长恨歌》/ 183

第三节　《长恨歌》的上海文化精神 / 185

第四节　《长恨歌》的叙述风格 / 189

第五节　90年代日益成熟的女性创作 / 190

参考书目 / 193

中国现代文学发展第一阶段
(1917—1927)

概　　述

19 世纪末 20 世纪初，是中国文学走向现代化的开始。这个时期，正是清朝政府日益衰弱，知识分子的民族危机感日益增强的时候。1898 年，严复的译著《天演论》出版，把进化论的思想介绍到了中国，引起了国内强烈的变革要求。1905 年，清政府废除了科举制度[①]，使得一大批知识分子成为独立自由的写作者，他们用著书立说的方式，在思想领域发起了变革运动。

梁启超的《新民说》最先提出“批评和改造中国的国民性”，呼唤新人的出现。他还提倡“诗界革命”“文学革命”“小说界革命”等新观念，把小说、戏剧、白话文提升到了一个很高的地位。这一点对中国文学观念的变革做出了极大的贡献，同时也得到了众多知识分子的响应，如陈独秀、黄遵宪、王国维、章太炎、章士钊等都参与到变革文学观念、创作白话文和创新文学形式的运动中来。

文学领域的这场变革运动推动了 1917 年开始的五四文学革命，从此以后，中国文学进入了一个迅速发展的时期。这个发展期从时间上可以分为三个阶段：第一阶段从 1917 年到 1927 年，是以五四新文学为代表的 20 年代文学；第二阶段从 1928 年到 1937 年 6 月，是以

① 科举制度是中国封建王朝通过分科考试选拔官吏的制度，从隋朝大业元年（605）开始，到清朝光绪三十一年（1905）为止，一共实行了一千三百年。

现实主义文学为主的30年代文学；第三阶段从1937年7月到1949年，是以多元化文学为代表的40年代文学。

1917年，五四文学革命开始，一批进步知识分子开始利用杂志的力量，兴起反封建的新文化运动。其中陈独秀主编的《新青年》创刊，拉开了新文化运动的序幕。陈独秀、李大钊、鲁迅、胡适、周作人等文化人士在《新青年》上相继发表重要文章，批判封建专制主义，提倡民主与科学；批判封建主义文学，提倡新文学；反对文言文，提倡白话文。

1918年5月，鲁迅在《新青年》上发表了他的第一篇白话文短篇小说《狂人日记》，在社会上引起了极大的反响。这篇小说既包含了反封建的内容，也在形式上运用了现代小说的创作手法。此后，《新青年》等杂志陆续刊登了一批反对封建专制、争取个性解放的新文学作品，如叶圣陶的小说《这也是一个人》，刘半农的诗歌《相隔一层纸》，郭沫若的诗歌《凤凰涅槃》《匪徒颂》等。文学观念、文学语言等多方面的改革和创新，使得这些作品从内容到形式都更加贴近实际生活和普通百姓。1920年，北洋政府教育部被迫承认白话文为国语，标志着新文学革命运动的巨大成功。

1921年到1926年是各种流派的文学社团兴起、文学创作十分活跃的时期，鲁迅的小说集《呐喊》《彷徨》和郭沫若的诗集《女神》中的大部分作品基本上都在这个时期完成。1921年1月，文学研究会在北京成立，主要成员有周作人、郑振铎、郭绍虞、沈雁冰（茅盾）、叶绍钧、许地山、王统照等12人。文学研究会主张文学内容应该反映社会现象、讨论人生问题，艺术上则应采用现实主义手法。同年6月，创造社成立于日本东京，主要成员包括郭沫若、郁达夫、成仿吾、穆木天、陶晶孙等人。这批留日学生在创作主张上与文学研究会“为人生”的主张不同，他们重视文学的艺术美感，注重表现自我，作品具有强烈的反抗情绪和浓厚的抒情色彩。

此后的文学社团中，比较有影响的还有与文学研究会的创作主张相近的语丝社、未名社，与创造社的文学主张相近的南国社、弥洒社、浅草社和沉钟社。新月社也是很有特点的社团，主要成员大多数是留美或留英的学生，受西方唯美主义文艺思潮的影响比较深，如徐志摩、闻一多、梁实秋、陈源、胡适等。他们后来形成了新月诗派，主要创作新格律诗，强调诗歌的形式美。

1926 年春到 1927 年冬这一年多的时间里，中国相继发生了南方革命和北伐战争，许多作家投入到革命战争中，为下一阶段无产阶级革命文学的产生打下了基础。

第一章　鲁迅与《呐喊》《彷徨》

鲁迅（1881年9月25日—1936年10月19日），原名周樟寿（后改为周树人），字豫山（后改为豫才），浙江绍兴人。中国现代文学史上伟大的文学家、思想家和翻译家。

第一节　鲁迅的人生经历

鲁迅出生在浙江绍兴一个封建士大夫[1]家庭，祖父是京城的官僚。13 岁那年，他的祖父因故入狱，父亲又长期患病在床，家道中落。这一巨大的家庭变故对少年鲁迅产生了深刻的影响。多年以后，他在《〈呐喊〉自序》中写道："有谁从小康人家而坠入困顿的么，我以为在这途路中，大概可以看见世人的真面目。"周家没落之后，由于鲁迅是家中长子，小小年纪就不得不跟母亲一起承担起生活的重负，过早地体验到了人生的艰辛和世态人情的冷暖。

鲁迅的外祖母家在农村，在他的祖父入狱前后，他就常常随家人到农村的亲戚家避难，长时期住在乡下。在那里，他跟当地的孩子们成了朋友，与他们一起玩耍、划船、看戏，还一起到小伙伴家的地里"偷"豆子煮着吃。这一段充满友爱的岁月，是鲁迅一生怀念并描写的

① 旧时指官僚或有声望、有地位的知识分子。

题材。

鲁迅

鲁迅成年后面临着当时读书人的三种人生选择：读书做官、经商、进“洋学堂”，他走的是第三条道路。1898年，18岁的鲁迅离开家乡，进了南京水师学堂，后来又改入南京矿路学堂。这两所学堂都是清朝末年洋务派[①]为了富国强兵而兴办的，主要开设数学、物理、化学等自然科学的课程。鲁迅在这里阅读了大量外国文学和社会科学方面的书籍。其中，严复译述的英国赫胥黎所著的《天演论》，给他留下了深刻的印象。书中的达尔文进化论学说使青年鲁迅认识到，现实世界充满激烈的竞争，要想生存、发展，就必须成为强者。

鲁迅以优异的成绩从南京矿路学堂毕业后，获得了公费留学的机会。1902年，他东渡日本，先在东京弘文学院学习日语。1904年入仙台医学专门学校学习医学。鲁迅曾说，他选择学医的目的是为了医治那些像他父亲一样被无能医生害死的病人。然而，他这个单纯的想法不久就受到了现实的打击。在很多日本人的眼里，中国人都是“低能儿”，鲁迅考试得了59分，竟然被怀疑是老师给了他考题，这让他感到身为弱国国民的悲哀。还有一次，老师在上课前放了有关日俄战争的幻灯片，其中有一幅日军将一名为俄军当侦探的中国人抓住并杀头的画面，周围还围满了一群伸着脖子看热闹的中国人。这个画面深深地刺激了鲁迅，他深刻地认识到，医药只能治疗人们身体

① 清朝统治阶级内部的一个政治派别。他们于19世纪60年代到90年代进行了洋务运动，主张学习西方先进的军事技术，创办近代工业和新式学堂，派留学生出国学习等，对于促进中国的近代化有着重大意义。

的病痛，却不能治疗人们精神上的麻木。要想改变祖国贫穷落后、受欺受压的现实，必须先改变国人的精神，而这一切靠医学是没有用的，只有文学艺术才有可能深入人们的思想，从精神上改变中国人的面貌。

1906年4月，鲁迅决定弃医从文。他重返东京，开始从事文学活动，先后发表了《人之历史》《科学史教篇》《文化偏至论》《摩罗诗力说》等重要论文。从1908年起，他又和弟弟周作人一起翻译了许多外国文学作品，合编为《域外小说集》（二册）出版。

1909年，鲁迅从日本回国，先后在杭州和绍兴任教。1911年辛亥革命爆发，他在故乡绍兴积极参加宣传活动，创作了以辛亥革命为背景的短篇文言小说《怀旧》。1912年，受教育总长蔡元培的邀请，鲁迅到南京临时政府的教育部担任职务，不久又随教育部一同迁到北京。但是，辛亥革命的失败给鲁迅带来了极大的压抑和愤怒，他一度中断写作，埋头研究古籍。五四运动之后，在新文化运动和启蒙思想的推动下，鲁迅重新拿起了笔，投入到新文化和新文学的建设中。

1918年5月，鲁迅第一次用“鲁迅”这个笔名在《新青年》上发表了他的第一篇白话小说《狂人日记》——中国现代文学史上具有划时代意义的伟大作品。此后，鲁迅连续发表了一系列小说，后编入《呐喊》和《彷徨》这两个短篇小说集中，分别于1923年和1926年出版。此外，他还在《新青年》的“随感录”栏目中发表了许多杂文，尖锐地批判了传统的封建思想和文化道德观。

1926年，鲁迅因为支持学生运动，受到北洋政府的威胁，于当年8月离开北京去厦门大学任教。不久，又受中山大学邀请，担任文科主任兼教务科主任。1927年9月，鲁迅离开广州，到上海定居。1928年主编《语丝》半月刊，与郁达夫合编《奔流》月刊。1930年，中国左翼作家联盟成立，鲁迅作为发起人之一，出席了左联成立大会，并

发表了演讲。这一时期，他又先后主编了《萌芽》《前哨》《译文》等刊物。

1936年10月19日，鲁迅因病在上海逝世。成千上万的普通群众自发地为他送行，他的灵柩上覆盖着一面旗帜，上面写着“民族魂”三个字。

第二节　鲁迅的文学地位

鲁迅是公认的中国现代文学的奠基人之一。他在短篇小说、散文、散文诗、历史小说、杂文等各种文学体裁的创作中，表现出了全新的艺术创造力，也最先显示了五四文学革命的成果，因此在中国20世纪文学发展史上具有崇高的地位。

鲁迅一生的著作和译作近1000万字，其中杂文集达16部之多，如前期的《坟》《热风》《华盖集》和1928年以后的《三闲集》《二心集》《南腔北调集》等。杂文是鲁迅创作数量最多的文学体裁，不但记录了鲁迅一生思想战斗的历程，也记录了鲁迅所处时代的中国思想、文化的发展历程。尤其值得一提的是，鲁迅常常以杂文为武器，鼓励、赞颂新文化及新思想，讽刺、揭露和批判各种旧思想及旧文化，并与各种攻击他的言论作斗争。在鲁迅的手中，“杂文”这种传统的文学形式显示出了独特的艺术魅力、巨大的思想潜力和强大的战斗力。

《野草》和《朝花夕拾》分别是鲁迅创作的散文诗集和回忆散文集，出版于1927年和1928年。散文诗集《野草》开创了中国散文诗的先河。诗中有大量超现实的想象和意境，充满了哲理性、象征性和形象性，反映了鲁迅内心的苦闷、彷徨等复杂矛盾的心情。通过这种独特的散文诗形式，鲁迅生动地表达了自己的情绪和哲理性感悟，展

现了惊人的艺术创造力；回忆散文集《朝花夕拾》则是带有回忆性质的叙事散文，充满了鲁迅对滋养过他生命的人和事物的深情回忆和怀念。如他年幼时的保姆长妈妈，真诚关心过他的藤野先生，孤傲的老朋友范爱农；给过他无限乐趣的“百草园”“三味书屋”和“社戏”……这一切美好、温暖的事物，让人们感受到了鲁迅先生充满温情的一面。

鲁迅在短篇小说上的成就，不只体现在《呐喊》《彷徨》这两本集子里，他还在30年代创作了不少具有神话传说和历史演义性质的小说，如《补天》《奔月》《铸剑》《非攻》《理水》等，收入到《故事新编》中。这些小说加入了鲁迅自己对历史的理解和想象，使读者得以从一个全新的视角去感受、认识古人和现实人物之间的联系。

第三节　小说集《呐喊》与《彷徨》

鲁迅是中国现代小说的开创者，他的两部短篇小说集《呐喊》和《彷徨》代表了中国现代小说的艺术高峰。这两部集子中的25篇短篇小说都以现实生活为题材，以知识分子和农民为主要描写对象。

一、知识分子题材的代表作

鲁迅在14篇知识分子题材的小说中为我们描绘了中国知识分子在清朝末年、辛亥革命及五四运动以后这三个重要时期的精神面貌和生存状况。他们有的是封建制度的受害者和牺牲者，如《孔乙己》中的孔乙己；有的是封建制度的维护者和追随者，如《肥皂》中的四铭等；有的是封建制度的破坏者和反抗者，如《狂人日记》中的狂人、《伤逝》中的涓生和子君、《药》中的夏瑜等。他们是鲁迅小说中最重要的现代知识分子形象。

鲁迅文集

《狂人日记》是鲁迅知识分子题材小说的代表作。小说的主题十分明确，就是通过对“狂人”精神状态和心理活动的描写，揭露封建家族制度和礼教的“吃人”本质。

作品通过主人公狂人的眼睛，揭示了他周围的环境。狂人身边的人有的被吃人的制度所迫害、欺辱，有的甚至被逼死，然而他们不但没有起来反抗，反倒也要跟着吃人。狂人因此感到困惑和愤怒，他联想到了整个封建社会的历史，发现四千年的历史中所谓的仁义道德，其实都是吃人的东西，甚至自己也在其中不知不觉地成为了吃人者。狂人通过自省和反思，向所有深受封建礼教毒害的人指出，吃人者如果不知道改正，最终自己也会被吃掉。最后，狂人寄希望于那些“或者还有”的“没有吃过人的孩子”身上，发出了“救救孩子……”的呼声，并向世人展示了一条通往社会变革的道路。

在《狂人日记》中，鲁迅把狂人的恐惧、多疑、思维混乱等“迫害妄想型”精神病患者的特征描写得非常准确，但他的真正目的是要借狂人之口来揭露封建礼教的吃人本质。因而狂人的形象就有了“狂”与“不狂”的两重性。狂人的“狂”是指他身上所具有的精神病人的特征，而狂人的“不狂”则表现在他的反省和自觉意识上，他说出了当时人们不敢说或者根本没有想到的话——“从来如此，便对么？”所以，狂人的思维和语言是狂的，但他的观察和结论却是清醒而深刻的。狂人实际上是一个敢于向传统世俗挑战的已经觉醒的知识分子形象。

二、农民形象的代表作

农民形象在鲁迅小说中也占有重要位置。鲁迅曾说:“我的取材，多采自病态社会的不幸的人们中，意思是在揭出病苦，引起疗救的注意。”在《阿Q正传》《祝福》《药》等小说中，鲁迅一方面描写了生活在社会最底层的农民令人同情的悲剧命运，另一方面也揭示了他们麻木、冷漠的精神状况，表现了鲁迅“哀其不幸，怒其不争”的态度。

《阿Q正传》最初发表在1921年12月到1922年2月的《晨报副镌》上，很快引起了强烈反响，主人公阿Q也从此成为中国家喻户晓的人物。

阿Q是清末时期生活在浙江未庄的一个农村流浪汉，没有家，也没有固定的职业，甚至连自己的姓名籍贯也不知道，靠给人家做点短工养活自己，即使在贫穷落后的未庄，他也是最底层的人物。但是，阿Q却不肯承认这个现实。一方面在争斗中失败或者被欺负时，他或者采取“怒目主义”，或者采用自我安慰的办法，认为自己是“被儿子打了”。这样一来，他立刻就获得了心理上的满足，把所有的屈辱都忘到脑后去了。另一方面，阿Q又盲目地自高自大，进了几次城，就瞧不起未庄人；城里人的生活习惯有不符合未庄人的地方，他也很鄙视；自己头上长了几处癞疮疤，便忌讳说“癞”以及一切近似“癞”的音，后来竟连“光”“亮”也忌讳，再后来，甚至连“灯”“烛”都忌讳了。

在《阿Q正传》中，鲁迅还刻画了阿Q对革命的态度和认识上的不觉悟。阿Q最初以为革命就是造反，造反就是跟他为难，因此非常痛恨革命。可当现实的压迫把他逼到没有办法时，他又看到了革命的“好处”：可以拿点东西，可以向欺侮他的“赵太爷”们报仇，于是就想投降革命党了。阿Q的这种“革命”意识，正代表了当时中国国民在社会动荡时期的心理特点。在辛亥革命的高潮中，革命的对象仍然

掌握着权力，真正应该享受革命成果的民众，却仍然是被奴役的对象，不仅被关在革命的门外，甚至还像阿Q一样成为“示众”的材料和屈死的冤鬼。令人失望的是，阿Q不但不为自己的被抓、被杀而担心、愤怒，反而为自己临刑前的圆圈[①]画得不圆而感到羞愧，以至在游街示众的时候，面对众多看热闹的群众，竟喊出了“过了二十年又是一个好汉”这样一句英雄式的口号。鲁迅通过阿Q的结局，表达了他对辛亥革命、对中国国民性的失望。

阿Q性格的主要特征，就是不敢面对现实、不愿承认失败，自甘屈辱、自我陶醉，为了求得精神上的胜利。这种所谓的“精神胜利法”作为社会弱势群体的一种精神特征，不仅揭示了中国国民性的病根，而且也是揭示了人类较为普遍的病态心理之一。因此，阿Q是一个具有世界意义的艺术典型。

《阿Q正传》是中国现代小说史上最早被介绍给世界的一部杰出作品，曾被翻译成几十种外国文字。从《阿Q正传》问世至今，对于它的研究和评论从未停止过，这充分说明了这部作品内涵的丰富性和意义的深远性。

第四节　鲁迅小说的艺术成就

鲁迅小说既是现代小说的开端，又是现代小说成熟的标志。他的《呐喊》《彷徨》在思想上和艺术上都对中国现代小说的形成、发展和成熟产生了巨大的影响。这一方面是因为鲁迅的小说在思想上符合五四启蒙运动和思想革命的时代要求，另一方面是因为鲁迅把西方小

---

① 阿Q参加“革命”被抓，审问他的人拿了一张阿Q的“认罪”材料让他签名，阿Q不识字，那人就让他画个圆圈代替签名，等于承认自己犯了反对政府的罪，要处死刑。

说的创作技巧与中国传统小说的艺术特点很好地结合在一起，在小说的形式、题材、心理描写和语言技巧等方面对传统小说实现了创造性的突破，为中国小说从传统走向现代做出了杰出的贡献。

一、题材上的突破

中国的传统小说一般都是描写帝王将相、才子佳人或武侠英雄、神仙鬼怪，故事情节也多依靠传奇性和曲折性来吸引人。而鲁迅的小说大多数是写普通人的生活，没有多少曲折的故事情节，只有普通人熟悉的日常琐事和生活场景。比如，《狂人日记》写的是一个精神病患者的种种病态；《阿Q正传》写的是一个乡村流浪汉的生死命运；《孔乙己》写的是一个乡村读书人的悲剧人生；《祝福》中的祥林嫂甚至是一个没名没姓的农村妇女，饱受痛苦，孤独地死去。

小说题材的变化是随着社会历史文化的变革而发生的。在五四时期众多描写普通人生的小说中，鲁迅总是能够从人们熟悉的生活中发现悲剧的本质，指出社会各种愚昧、落后、不幸和痛苦的根源。同时，鲁迅又敏锐地选择了知识分子和农民这两类普通人物作为小说创作的主要题材，前者有希望承担中国文化启蒙的任务，后者则长期处于愚昧和被压迫、被奴役的状态。因此，他们的命运最能体现中国国民在社会巨大变革时期的真实面貌，这是鲁迅小说之所以成功的根本原因。他在小说题材上的巨大突破，对于中国小说的现代化而言，意义非凡。

二、小说形式上的创新

中国传统小说重视人物的语言和行为，也重视故事的连续性和完整性。鲁迅小说既延续了这一传统，同时又从西方小说那里学习了新的表现手法，即打乱时间和空间的顺序，根据小说内容的需要来安排故事情节。

为了表现不同生活场景中不同人物的命运及其不同的意义，鲁迅小说的形式是多变的，几乎每一篇都有每一篇的样式，每一篇都有每一篇的写法。比如，《孔乙己》选取孔乙己的人生片段来概括他的一生；《药》是从故事的中间部分写起；《离婚》则描写了两个故事场面；《狂人日记》采用的更是中国传统小说中从来没有过的“日记体”形式，全篇都用第一人称来进行主人公的内心独白。这些写法打破了中国传统小说有头有尾，线性发展，第三人称的叙事惯例。

此外，在中国现代文学史上，鲁迅第一个成功地完成了现代小说语言从文言到白话的过渡，创造了一种中国现代小说的新形式，这对后世现代小说的创作产生了深远的影响。

第五节　五四小说的现代化

1918 年五四文学革命的爆发，为中国小说走向现代化带来了机会。从鲁迅的《狂人日记》开始，五四现代小说就担负起了改造中国国民灵魂的巨大社会责任。此后，五四小说从内容到形式都加快了现代化的步伐，新人新作不断涌现，形成了创作热潮。

五四运动的巨大能量最初造就了一批“问题小说”家，他们依靠《新潮》杂志，在三年多的时间里发表了多篇“问题”小说。如罗家伦的《是爱情还是苦痛》、俞平伯的《花匠》、叶圣陶的《这也是一个人？》、冰心的《斯人独憔悴》等。他们关注人生，关心各种社会问题，显示出“为人生”的写实小说倾向。

冰心（1900—1999），原名谢婉莹，擅长创作小诗和散文，散文集《寄小读者》是她的代表作。1919 年冰心在《晨报》上发表了第一篇“问题小说”《两个家庭》，接着又发表了《斯人独憔悴》，表现了否定封建家庭、肯定资产阶级教育，鼓励青年人走出封建家庭、参加

社会活动这样的主题。她 1921 年发表的《超人》提出了"人生究竟是什么？支配人生的，是'爱'呢，还是'憎'？"这样一个问题。主人公何彬从最初的仇恨人生、仇视社会，到后来被儿童与慈母之爱所感化的过程，引起许多青年读者强烈的共鸣。《超人》这部作品语言清新、细腻，长于描写人物的内心世界，也表现了作者对人生的积极思考，极具五四文学特点。

叶圣陶（1894—1988），原名叶绍钧，1918 年开始白话文创作，从"问题小说"开始，逐步成为"人生派小说"的主力作家。叶圣陶最初创作了《这也是一个人？》《低能儿》《隔膜》《苦菜》《一个朋友》等"问题小说"。不过，他所关注的"问题"，更接近鲁迅小说中的"国民性改造"问题。"问题小说"的潮流过去之后，叶圣陶开始专心描写知识分子和小市民的精神面貌。从 1919 年到 1923 年，他先后发表了 40 多篇短篇小说，其中《饭》《校长》暴露了教育界的种种黑暗现象，内容和艺术手法都超过了前期的"问题小说"。1925 年发表的《潘先生在难中》，是叶圣陶小说创作成熟的标志。乡镇学校校长潘先生在战乱中表现出来的自私、投机、患得患失、苟且偷生的小市民性格特点，成为文学评论界关注的典型。而小说中辛辣而平静的讽刺喜剧手法也提升了这篇小说的艺术地位。

"为人生"写实小说派还包括许多乡土小说作者，如王鲁彦、彭家煌、台静农、许钦文、蹇先艾、许杰等，他们的乡土小说既描绘了落后、悲惨的乡村生活场景，又刻画了乡村社会普遍存在的麻木、愚昧的人性特点，具有浓厚的地方色彩。

五四小说还有一种倾向是主观性和抒情性。1921 年 7 月成立的创造社成员大都擅长抒发主人公的强烈情感，他们的小说重点不在于刻画人物形象，而在于以人物的主观情感打动读者。郁达夫的小说集《沉沦》则是这类"自叙传"式抒情小说的代表。

郁达夫（1896—1945），1920 年到 1921 年在日本留学期间创作的

小说结集为《沉沦》，于1921年出版，是中国现代文学史上第一部短篇小说集。小说集以留日学生的生活为题材，描写了身在异国的知识青年普遍的自卑、忧郁、愤世、感伤的情绪。小说的内容大都来自作者本人的生活和情感经历，如《春风沉醉的晚上》《迷羊》《沉沦》《茫茫夜》等都是近似“自叙传”的小说。《沉沦》的主人公是一个留学日本的中国学生，他追求个性解放，渴望爱情和性，却得不到满足，因而内心十分苦闷、压抑。他用变态的方式自我发泄，却又不断进行自我谴责和自我审判，成为一个处处受压抑而又一事无成的“零余者”。最终他因为忍受不了异族的歧视和欺辱而投海自杀，死前他喊出了“祖国呀祖国！……你快富起来！强起来罢！”这样的心声，表达出那个时代青年内心感时忧国的悲愤情绪，引起了强烈的共鸣。

郁达夫代表作《沉沦》

郁达夫的抒情小说常常用坦率、直接的手法进行自我解剖，用强烈的感情表白展现主人公的内心世界，对性需求、性苦闷、性变态进行了大胆的描写，因此招来许多的批评。不过，也有评论者认为，郁达夫写出了五四运动高潮过后知识青年的“时代病”，并揭示了这种“时代病”背后社会的黑暗，因而具有很强的时代意义。

郁达夫之后，创造社的青年作家如倪贻德、陶晶孙、叶灵凤形成了一个“抒情”作家群体。浅草社与沉钟社的部分作家，如陈翔鹤、冯至，以及语丝社的冯文炳（废名）等也以自传或抒情的方式创作小说。

许地山（1893—1941）是文学研究会的发起人之一，但他的作品却充满了主观抒情性。代表作《命命鸟》《商人妇》《缀网劳蛛》等，多写男女之情，但寄托了浓厚的哲学与宗教思想，富于传奇色彩，是

五四小说中比较独特的一个组成部分。

女作家庐隐（1898—1934）根据自己及朋友的生活写出的小说《或人的悲哀》《丽石的日记》《海滨故人》等，多用伤感的笔调叙述或自叙五四时期女青年复杂的感情世界，显示出主观抒情的个人风格。

淦女士（1900—1974）是同时期另一名重要的女性作家，其作品《隔绝》《慈母》《旅行》等也是主观抒情性小说，大胆而细腻地表现了青年女性的爱情生活，得到了鲁迅先生的赞赏。

思考题

1. 鲁迅在中国现代文学史上具有怎样的地位？他取得了怎样的文学成就？
2. 鲁迅的小说集《呐喊》与《彷徨》的主要内容是什么？请举例说明。
3. 鲁迅小说的艺术成就表现在哪些方面？请举例说明。
4. 谈谈五四时期中国现代小说的发展概况。

第二章 郭沫若与《女神》

郭沫若（1892年11月16日—1978年6月12日），原名郭开贞，笔名“沫若”，四川乐山人。中国现代文学史上著名的诗人、剧作家以及优秀的考古学家、古文字学家和社会活动家。

第一节 郭沫若的人生经历

郭沫若出生于四川省乐山县一个地主兼商人家庭。四岁半就进入自家私塾读书，学习《诗经》《唐诗三百首》等古典文学作品。1906 年春进入乐山县高等小学，开始接受民主思想。1907 年夏升入乐山县中学堂，大量阅读翻译小说。1908 年在家养病期间则阅读了大量先秦诸子等典籍。

郭沫若

1912 年 2 月，郭沫若奉父母之命与张琼华结婚，婚后五天就离开家回到成都。1913 年春，他考上四川官立高等学堂理科，同年夏天又被天津陆军医学校录取，但都没有入读。1913 年底，郭沫若得到大哥的资助，东渡日本留学，于 1914 年 1 月到达东京。同年秋天即考入东京第一高

等学校预科，与郁达夫同学。1915 年秋进入冈山第六高等学校，与成仿吾同学。1916 年夏，郭沫若与日本护士安娜（佐藤富子）相识，同年冬天与她在冈山结婚。

在日本求学期间，郭沫若阅读了大量歌德、泰戈尔、海涅、雪莱、席勒、惠特曼等西方诗人的作品，并开始接受 17 世纪荷兰哲学家斯宾诺莎的“泛神论”思想。他的创作热情受到激发，不久就开始创作小说和诗歌。1918 年创作的《牧羊哀话》是他的第一篇小说，《死的诱惑》是他最早的新诗。1919 年 9 月 11 日在《时事新报》上发表诗作时，他首次使用了“沫若”这个笔名，这是他根据故乡的两条河流“沫水”和“若水”而取的名字。

1919 年五四运动爆发，郭沫若在日本冈山组织了爱国社团夏社，积极投身于新文化运动。1919 年下半年到 1920 年上半年，他陆续发表了《凤凰涅槃》《地球，我的母亲》《天狗》《炉中煤》等新诗，震动了中国诗坛。从此“郭沫若”这个名字就为大家所熟知。

1921 年 6 月，郭沫若与成仿吾、郁达夫等人发起成立创造社，诗集《女神》也在此时出版，继而确立了他在中国新诗史上的地位。除了《女神》，郭沫若还于 1923 年出版了诗歌、诗剧、散文的合集《星空》，反映了诗人在五四高潮过后的苦闷和彷徨。发表于 1925 年的《瓶》是一部爱情诗集，表达了爱情上的浪漫激情与失望苦闷。1928 年出版的《前茅》和《恢复》，标志着郭沫若诗风的转变。在这两部诗集里，他告别了从前的苦闷和彷徨，恢复了高昂的革命斗志，显示出早期无产阶级革命诗歌的特点。

1923 年，郭沫若从日本九州帝国大学毕业回国，参与创办《创造周报》和《创造日》。1924 年再赴日本，开始系统学习马克思主义理论。在 1926 年的《革命与文学》一文中，郭沫若大力提倡无产阶级革命文学，标志着他的思想发生了巨大变化。这一年的 7 月，

他结识了毛泽东、周恩来等共产党人，决定参加北伐①，还担任了国民革命军政治部副主任。1927 年 8 月，郭沫若参加了“八一”南昌起义②，加入了中国共产党。1928 年因受蒋介石政府的通缉，郭沫若流亡日本，开始了长达十年的流亡生活。

1924 年到 1927 年期间，郭沫若创作了三部历史剧《王昭君》《聂嫈》和《卓文君》。旅居日本期间，他专心研究中国古代史和古文字学，著有《中国古代社会研究》《甲骨文字研究》《金文丛考》《卜辞通纂》等，在学术界引起震动。此外还写作了自叙传《我的童年》《反正前后》《创造十年》《北伐途次》等。

1937 年抗日战争爆发，郭沫若独自回国参加抗战，在周恩来领导下团结进步人士从事抗战文化工作，在上海主办《救亡日报》，组织文化宣传队去前线慰问演出。1938 年 1 月，郭沫若与于立群结婚，并担任国民政府军事委员会政治部第三厅厅长。抗战时期郭沫若创作了诗集《战声集》和以《屈原》《棠棣之花》《虎符》为代表的多部历史剧。抗战胜利后，他又出版了小说集《地下的笑声》、散文集《苏联纪行》和文艺论集《天地玄黄》。

新中国成立后，郭沫若当选为中华全国文学艺术界联合会主席，历任政务院副总理兼文化教育委员会主任，中国科学院院长，中国科技大学校长，全国人民代表大会常务委员会副委员长，全国文联一、二、三届主席，中国共产党第九、十、十一届中央委员，全国政协委员、常务委员、副主席等多项职务。即使政务繁重，郭沫若仍坚持文学创作，出版了历史剧《蔡文姬》《武则天》，以及《新华

① 民国十五年（1926）到十七年（1928），国民革命军北上讨伐北洋政府，进行了两年的“北伐”战争，最终使得中国统一在国民党政府的领导之下。

② 国共合作破裂后，国民党于 1927 年 4 月 12 日发动政变，大量捕杀共产党人。中国共产党于是在 8 月 1 日这一天举行武装起义，打响了反抗国民党政府的第一枪，从此开始了共产党独立领导武装斗争并创建革命军队的历史。

颂》《长春集》《潮汐集》等多部诗集。

1978 年 6 月 12 日，郭沫若在北京逝世，终年 86 岁。他是中国新诗的奠基人，是继鲁迅之后革命文化界公认的领袖。

第二节　诗歌集《女神》

郭沫若的著作曾经结集为《沫若文集》17 卷本，新编《郭沫若全集》分文学（20 卷）、历史、考古三编，从 1982 年起陆续出版，其中许多作品被翻译成日、俄、英、德、意、法等多种文字。而诗歌代表作《女神》则是郭沫若的第一部诗集，也是中国现代文学史上最优秀的浪漫主义诗歌集。

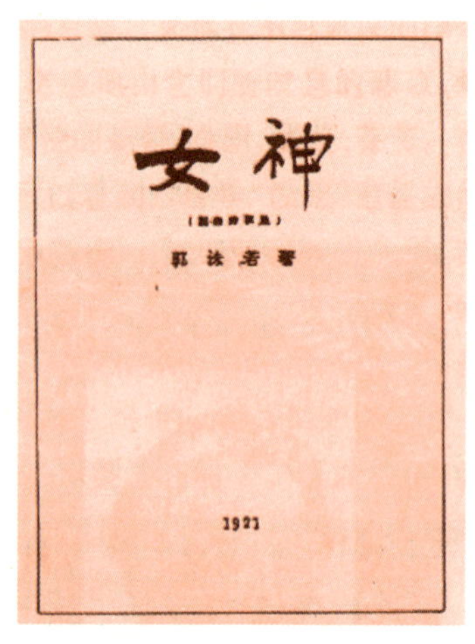

郭沫若代表作《女神》

《女神》包括《序诗》在内共收诗歌 54 首，诗剧 3 篇。这些诗作绝大多数创作于五四高潮时期，它们最突出的成就在于超越了中国传统诗歌的形式，也超越了早期白话新诗的形式，表现了五四的时代精神，创造了现代的自我形象。这个自我形象具有以下特点：

一、渴望祖国新生和中华民族的觉醒

在《凤凰涅槃》中，他宣告了古老的中华民族正在经历着“死灰中更生”的历史过程。现实的世界已经腐朽陈旧，宇宙是“脓血污秽着的屠场”“悲哀充塞着的囚牢”“群鬼叫号着的坟墓”“群魔跳梁着的地狱”，要努力地诅咒它！诗歌用凤凰采集香木自焚、然后在烈火中再生的神话传说，来象征旧中国、旧的一切的毁灭，以及

新中国和新的自我的诞生："我们光明，我们新鲜，我们华美，我们芬芳，……我们热诚，我们挚爱，我们欢乐，我们和谐。……我们生动，我们自由，我们雄浑，我们悠久。……火便是你。火便是我。火便是'他'。火便是火。翱翔！翱翔！欢唱！欢唱！"在《浴海》中，他向时代青年发出了召唤："弟兄们！快快！快也来戏弄波涛！趁着我们的血浪还在潮，趁着我们的心火还在烧，快把那陈腐了的旧皮囊全盘洗掉！新社会的改造全赖吾曹！"强烈的爱国情绪浓缩成一位五四时代觉醒了的中华儿女的崭新形象。

二、有着强大的破坏力和创造力

在《立在地球边上放号》里他呼喊："无限的太平洋提起他全身的力量来要把地球推倒。啊啊！我眼前来了的滚滚的洪涛哟！啊啊！不断的毁坏，不断的创造，不断的努力哟！"要求毁坏旧的；在《女神之再生》里他高呼："我要去创造些新的光明，不能再在这壁龛之中做神。我要去创造些新的温热，好同你新造的光明相结。姊妹们，新造的葡萄酒浆。不能盛在那旧了的皮囊。为容受你们的新热、新光，我要去创造个新鲜的太阳！我们要去创造个新鲜的太阳，不能再在这壁龛之中做甚神像！"号召大家去创造新的。无论是破坏还是创造，他都有着无比强大的威力。

三、追求自由和个性解放

郭沫若曾经这样解释自己的"泛神论"思想："泛神便是无神。一切的自然只是神的表现，自我也只是神的表现，我即是神，一切自然都是自我的表现。"因此，这个自我形象既赞美自然，又赞美自我。他多次发出"我崇拜我""我赞美我自己"的呼声，他还号称"我自由创造，自由地表现我自己"，他在《天狗》里更是充分地肯定自我的存在和价值："我是一条天狗呀！我把月来吞了，我把日来

吞了，我把一切的星球来吞了，我把全宇宙来吞了。我便是我了！我是月的光，我是日的光，我是一切星球的光，我是 X 光线的光，我是全宇宙的 Energy 的总量！我飞奔，我狂叫，我燃烧。我如烈火一样地燃烧！我如大海一样地狂叫！我如电气一样地飞跑！”这个奔放不羁、自由叛逆的形象充分展现了五四时代冲破封建制度的压迫，追求个性解放，实现个人价值的强烈要求。

四、胸怀宇宙、放眼世界的广博情怀

《女神》中的现代自我形象多次歌颂地球、宇宙，他的目光不仅投向“年轻的祖国”，投向扬子江、黄河，也向着恒河、印度洋、大西洋、太平洋、红海、尼罗河，向着俄罗斯、泰戈尔道一声问候，表现出他乐观、积极的情绪和心怀世界的现代精神。

《女神》的这个自我形象既代表了五四时代精神，也是作为诗人的郭沫若对自己内心世界的坦率自白。五四时代不仅需要关注社会、关切民生的现实主义，也需要热情昂扬的浪漫主义来表现个人与民族的内心激情和志向。郁达夫的小说正是这样把自己内心的苦闷和压抑毫无保留地表白出来了，而郭沫若的诗歌则以火山爆发一般的热情大声地呼叫、号召、反抗、歌颂，展现了一个充满乐观情绪与矛盾冲突的内心世界。

第三节 《女神》的艺术成就

受雪莱、惠特曼、泰戈尔等外国抒情诗人的影响，加上郭沫若自身热情奔放的性格，《女神》的艺术风格便呈现出强烈的浪漫主义特色。这种浪漫主义是通过以下几个方面表现出来的：

一、《女神》诗篇充满了理想主义和乐观主义

郭沫若在诗歌中完全是按照自己的主观想象和理想来描写生活的。他对理想和未来的追求与赞颂远远超过对黑暗现实的细致刻画。诗歌中的自我形象对未来始终充满乐观期待，对改造旧世界、建立新世界始终充满信心。在《凤凰涅槃》中，诗人借助神鸟凤与凰火中涅槃而再生的传说来表达自己的理想，他用“光明”“新鲜”“华美”“芬芳”来描绘新的世界、新的中国，他歌颂着光明的再生、宇宙的再生、世界的再生、中国的再生和自我的再生，他高唱：“我们热诚，我们挚爱，我们欢乐，我们和谐。翱翔！翱翔！欢唱！欢唱！”言语中充满了浪漫的激情和乐观的理想。

二、《女神》诗篇充满了夸张的艺术想象力

《女神》的语言华丽、繁复，大胆的夸张、艺术的想象、绚丽的色彩随处可见，使作品产生了强烈的艺术魅力。他把大自然人性化，“日月星辰、山川草木、风雨雷电”都成了有生命的形象；把地球看成有生命的母体，“地球，我的母亲！……我饮一杯水，我知道那是你的乳，我的生命羹。……我听着一切的声音言笑，我知道那是你的歌，特为安慰我的灵魂。……我眼前一切的浮游生动，我知道那是你的舞，特为安慰我的灵魂。”把夕阳和大海当成一对恋人，自然也是自我的化身；他还把自己想象成涅槃的凤凰，想象成一只“把日月、星球、宇宙都来吞掉”的天狗；他可以站在地球的边上号呼，在无际的宇宙间翱翔；他可以推倒地球，也可以使万物再生。诗人无所不在的想象力产生了破除一切丑恶旧事物的巨大能量，读来十分振奋人心。

三、《女神》诗篇充满了象征性

受象征主义诗人波特莱尔作品的影响，郭沫若自觉地把象征手法

运用到诗歌的形象中。关于《女神之再生》，诗人自己说过："共工象征南方、颛顼象征北方，想在这两者之外建设一个第三中国——美的中国。"因此，颛顼同共工的决战象征着当时的军阀混战；而《凤凰涅槃》中，凤凰涅槃后的再生则象征着中华民族的新生、中国的新生和自我的新生;《炉中煤》中"年青的女郎"被比作祖国，"炉中煤"的熊熊燃烧则象征着诗人对祖国犹如热恋一般的感情。"炉中煤"的前身"原本是有用的栋梁，我活埋在地底多年，到今朝才得重见天光"，象征着诗人不愿平庸度过一生，想要把自己巨大的能量释放出来，奉献给祖国，奉献给改造世界的事业。

郭沫若另一个重大的艺术成就表现在《女神》的诗歌形式上。《女神》诗篇有着多样的诗体形式，比如自由体诗、格律诗、半格律诗、散文诗，以及诗剧等；有着多样的韵律，比如许多自由体诗歌是不押韵的,《女神之再生》是押韵的,《湘累》是不押韵的散文诗体,《棠棣之花》则是韵、散合体的；还有着多样的句式，比如《天狗》的句式长短不齐，跳跃性很大，而《炉中煤》的句式则比较整齐，很有音乐性。所以从形式上看,《女神》可以说无所不包、不拘一格。

郭沫若曾说"他人已成的形式是不可因袭的东西，他人已成的形式只是自己的镣铐。形式方面我主张绝端的自由，绝端的自主"，他"要打破一些诗的形式来写自己够味的东西"。为此，郭沫若创造了不拘一格的自由体诗歌形式。这种自由体的诗节多少不限，字数多少不定，句子活泼而多变，音节根据感情宣泄的需要而变，有着自然的音乐性。自由诗体的开创对于中国现代诗歌的发展具有重大意义和深远影响。

总之,《女神》中那种破坏一切、创造一切的精神，准确表达了五四时期觉醒知识分子的理想和感情；洋溢其中的浪漫主义和理想主义色彩，与想象、比拟、夸张、象征等表现手法和多样化的诗体形式相结合，形成了郭沫若所独有的既豪放又奇丽的诗歌风格，为中国现代诗歌开创了一片新天地。

第四节　20 年代中国新诗的艺术成就

继梁启超提出“诗界革命”，胡适（1891—1962）又于 1916 年前后提出“作诗如作文”的诗学观和“诗体大解放”的口号，要求破除传统诗歌的限制，以白话代替文言来作诗。这一观点得到了当时很多文人的响应。胡适自己也身体力行，尝试新诗创作，于 1917 年在《新青年》上发表了《白话诗八首》。1920 年 3 月，他把自己的诗歌结集出版，名为《尝试集》，其中作品有的揭露封建专制的黑暗，有的表现个性解放，有的描写爱情、友谊、自然等等；既有白话诗，也有旧体诗，还有半白话半文言的诗，代表了新旧诗体转变期的特点。作于 1919 年的白话自由体诗《上山》描绘了一个“努力往上跑”的登山者形象，借此表现五四时代进取、向上的精神。

同一时期，刘半农的《相隔一层纸》、刘大白的《卖布谣》、沈尹默的《人力车夫》、康白情的《女工之歌》、沈玄庐的《十五娘》等均用写实的手法，以白话的形式写出了社会的不平等和对穷人的同情。周作人的白话诗《小河》受法国象征派诗人的影响，以象征的手法表现了反对束缚人性、要求自由发展的思想，被胡适称为“新诗中的第一首杰作”。

总的来说，早期白话新诗还比较幼稚，艺术上存在想象少、说理多、无押韵等非诗化的缺点。

20 年代初，新诗有了较大的发展。以冰心和宗白华为代表的“小诗派”，侧重于寻找人生意义和自我价值，善于捕捉瞬间的感悟和哲理。这类诗歌形式短小，语言秀丽淡雅，往往借景抒情，借物寓意。冰心的《繁星》《春水》和宗白华的《流云》是“小诗派”的代表作。

“湖畔诗派”是 1922 年 4 月由汪静之、应修人、潘谟华和冯雪

峰等人在杭州成立湖畔诗社而形成的，他们的诗歌成绩主要为诗合集《湖畔》《春的歌集》和汪静之的个人诗集《蕙的风》。湖畔诗人受五四精神影响，将爱情自由看成个性解放的代表，因此他们的诗作主要描写美丽的自然和单纯的爱情。他们对待爱情的那种纯真、直率的态度，表现了五四新人的特点。

1926年4月，《晨报副刊》所办《诗镌》的创刊标志着诗歌新月派的形成，其代表人物为闻一多和徐志摩，其他还有朱湘、饶孟侃、刘梦苇、林徽因、邵洵美、卞之琳等人。这群诗人都有留学欧美的经历，受个人经验、背景的影响，他们不赞同胡适的诗学观，也不同意郭沫若"绝端的自由"的诗歌观点。他们努力提倡诗歌回到规范的轨道，建立新的格律，使诗歌内容与形式统一起来。

闻一多（1899—1946）是前期新月派诗人的代表。他1919年开始新诗创作，1922年赴美国留学，1923年出版的第一本诗集《红烛》和1928年出版的第二本诗集《死水》，均展现了中国现代知识分子对祖国、对民族的深沉情感。在《太阳吟》《忆菊》《洗衣歌》《祈祷》《一句话》《死水》《发现》等著名诗篇中，闻一多对祖国的情感由最初的自豪、思念转变为对现实的忧愤、失望和痛苦，但他仍然寄希望于中国的复兴和民族的振奋，表现出强烈而深沉的爱国之情。

在诗歌形式上，闻一多主张"三美"，即音乐美、绘画美和建筑美，强调诗歌的音节美、辞藻美、句子美和诗的匀称美，从而把新诗带回了形式格律化的道路。在《死水》中，他还大量采用象征手法，以色彩绚丽的意象描写"死水"的肮脏、恶臭，以此象征破败的旧中国，表达他对丑恶现实的厌恶和否定。

徐志摩（1897—1931）出生于浙江海宁的一个富商家庭，1918年到1921年期间分别在美国和英国留学，受英美诗歌影响而开始诗歌创作。他的四本诗集《志摩的诗》《翡冷翠的一夜》《猛虎集》和《云游》反映了他向往民主自由的思想倾向，以及对爱情、自由

和美的赞美，被称为诗人的“单纯信仰”。代表作有《雪花的快乐》《我等候你》《沙扬娜拉》《海韵》《翡冷翠的一夜》《再别康桥》等，其中《再别康桥》更是广为流传的佳作。

作为新月派的代表诗人，徐志摩的诗歌同样具有音乐美、绘画美和建筑美，尤其是“诗中有画”更是徐志摩诗歌的特点。比如那首著名的《再别康桥》，用了“金柳”“青荇”“波光”“清泉”“彩虹”“星辉”等多种具体形象，从近到远、从上到下勾画出了康桥和康河的美景。从建筑美来说，这首诗共七节，每节四行，但每节的第二、第四行都后退一格，字数有一些增减，这样全诗在外观上就呈现出整齐中有变化的美感。从音乐美上看，这首诗每行都是两三个音节，第二、第四行押韵，韵律自然轻柔，和谐动人，因此常常成为后人诗歌朗诵的首选之作，同时也确立了徐志摩在中国新诗史上不可忽略的地位。

值得一提的还有早期象征诗派的诗人李金发、穆木天、王独清等。他们受到西方象征主义等哲学思想和艺术的影响，对未来感到悲观失望，因而沉浸在个人的感觉世界里，将死亡、恐怖、虚无、丑恶及世纪末的病态情绪带进了中国新诗的创作中，形成了朦胧、怪异而又新鲜的诗风。李金发的诗集《微雨》《为幸福而歌》《食客与凶年》；穆木天的诗集《旅心》；王独清的诗集《圣母像前》《死前》等都给人以空虚、颓废、忧郁和灰暗的感觉。

思考题

1. 郭沫若的《女神》塑造了一个怎样的自我形象？

2.《女神》的艺术成就表现在哪些方面？

3. 简单概括 20 世纪 20 年代中国新诗的艺术成就。

中国现代文学发展第二阶段
(1928—1937)

概　　述

中国现代文学发展的第二个阶段是指从1928年到1937年抗日战争爆发前的十年。这一阶段的中国文学一方面延续了五四文学的个性主义、人道主义、文学为人生等人文主义[①]创作精神，另一方面则兴起了左翼革命文学的观念。这两种文学创作都突出“人”的观念，但前者强调的是人文主义背景下的人，后者强调的是具有阶级属性的人。前者的代表作家有茅盾、巴金、老舍、沈从文、曹禺等人。他们的作品关注社会与人的关系，关注人的个性和各种复杂因素。后者的代表作家主要包括后期创造社和太阳社的成员郭沫若、成仿吾、蒋光慈等人，他们强调无产阶级革命文学理论，主张按照经济地位和阶级属性来划分人群，资产阶级、地主阶级必须坚决反对，工人阶级、农民阶级是受压迫、被剥削、没有经济地位的人，应该是文学中被歌颂的主人。

1930年3月，鲁迅、冯雪峰、柔石、沈端先（夏衍）、冯乃超、蒋光慈、钱杏邨、田汉等四十多人，出席了中国左翼作家联盟的成立大会，会议通过了左联的理论纲领和行动纲领。左联成立以后，创办了《拓荒者》《萌芽》《十字街头》《北斗》等刊物，大量翻译介绍马克思主义文艺理论，提倡社会主义现实主义的文学创作方法，强调文

---

① 兴起于欧洲的哲学观和世界观，强调个人尊严，以人性为出发点；提倡宽容，反对暴力，主张自由平等，体现自我价值。

艺应该为广大无产阶级服务、为无产阶级革命服务，对中国现代文学的发展产生了深刻而长远的影响。但是，左联在政治上搞了许多“左”倾运动，在文艺理论上完全搬用苏联的观念，在创作上也存在公式化、概念化等违反艺术规律的问题。

五四人文主义作家的文学活动与左翼文学运动一同构成了30年代文学发展的主流，但人文主义作家们没有形成左联这样的统一文学组织，也没有像20年代那样组成众多的文学社团。他们基本上是以几个文学观点接近的作家一起出版刊物的方式来进行文学活动。比如巴金、沈从文、周作人、俞平伯、李健吾、徐志摩、闻一多、叶圣陶、施蛰存、朱光潜等。值得一提的还有第三类作家，他们的作品继承了中国传统小说的创作形式，同时又表现了当代世俗社会生活中的伦理道德观与人性观。这就是以徐枕亚、周瘦鹃、包天笑、张恨水、秦瘦鸥为代表的通俗小说创作流派。

30年代的诗歌创作表现为两种趋向，一种是继承五四个性主义和人道主义精神、追求诗歌艺术形式美的现代派诗在艺术上的探索；一种是政治抒情诗的兴盛。1932年5月，施蛰存创办文艺刊物《现代》，刊登了大量具有现代主义意识的诗歌。这些诗歌从艺术到思想都表现出“非正统”的共同倾向，在诗歌题材、语言风格、艺术手法等方面也都有相似之处，因而被称为现代派诗。现代派诗的创作者主要有戴望舒、施蛰存、南星、陈江帆、金克木、路易士、何其芳、徐迟、废名等，他们受法国象征派诗歌、美国意向派诗歌及西方现代主义诗歌潮流的影响，注重表达内心的情绪和感觉，运用象征、隐喻、通感等艺术手法把内心的情绪转化为具体的形象，给读者一种新鲜的感受。抗战爆发后，现代派诗潮慢慢消退，诗人队伍分化，艺术风格被40年代的“九叶”派诗人继承并发展。

1932年9月，由左联组织的中国诗歌会在上海成立，主要成员有蒲风、穆木天、任钧、王亚平、柳倩等。中国诗歌会注重诗歌的现实

性，提倡诗歌的大众化，并表达对革命斗争的激情和向往。

30年代还有一批诗人，如臧克家、艾青、田间等，他们既坚持现实主义创作方向，又注意吸收现代主义的艺术手法，使得内容与形式得到了很好的结合。臧克家的《烙印》《当炉女》、艾青的《大堰河——我的保姆》等诗作是这类诗歌的优秀代表。

30年代的中国戏剧是以日益成熟的话剧艺术为代表。对五四新文学的写实主义、为人生的戏剧思想的延续，是这个时期戏剧创作的主流意识。洪深、欧阳予倩、郑君里等剧作家都深受描写人生的写实主义戏剧理论的影响，注重表现人物的复杂性以及人物与社会现实的关系。田汉的《回春之曲》、曹禺的《雷雨》《日出》《原野》、李健吾的《这不过是春天》、夏衍的《上海屋檐下》等都是这类话剧作品的成功代表，同时也是中国现代话剧成熟的标志。

第三章　老舍与《骆驼祥子》

老舍（1899年2月3日—1966年8月24日），原名舒庆春，字舍予，满族，正红旗，北京人，中国现代著名小说家、戏剧家、杰出的语言大师。

第一节　老舍的人生经历

老舍一岁半时父亲去世，九岁时受人资助才进入私塾[①]。1913 年，他考入京师第三中学，但几个月后就因经济困难而退学，接着于同年考入免收学费的北京师范学校。1918 年老舍师范毕业，先后在北京、天津的小学及中学担任过教员。在此期间，他受到五四运动的影响，他说："'五四'给了我一个新的心灵，也给了我一个新的文学语言。……感谢'五四'，它叫我变成了作家。"此后，五四精神不断推动着老舍去寻求更有意义的生活。

1924 年秋，老舍乘船去英国，在伦敦大学东方学院华语学系教中文，业余时间阅读了大量的英国小说，并开始了文学创作。他很喜爱英国小说家狄更斯，不久就模仿狄更斯的风格写了一本滑稽小说《老张的哲学》，从 1926 年 6 月开始在文学研究会的刊物《小说月报》上

① 旧时家庭、宗族或教师自己设立的教学处所，主要对儿童进行启蒙教育，在中国有两千多年的历史。

老舍

连载。接着，老舍又发表了长篇小说《赵子曰》《二马》，在《小说月报》上连载。三部作品生动地刻画出了普通市民的生活和心理，文笔轻松流畅，富有北京地方色彩，很快就引起了读者的注意。1926 年，老舍加入了文学研究会，正式开始了他的文学生涯。

老舍在英国旅居五年之后，于 1929 年夏天取道法、德、意等国回国。回国途中，为了筹集旅费，他在新加坡停留了一段时间，在一所华侨中学任教半年，并创作了一部反映被压迫民族觉醒的儿童幻想小说《小坡的生日》。1930 年春，老舍回到中国，先后在济南的齐鲁大学和青岛的山东大学教了六年书。课余时间，老舍写作了大量不同体裁的作品，风格也越来越成熟，逐渐成为文坛上一位活跃的作家。

1932 年，老舍创作的《猫城记》，用寓言的形式揭露了旧中国的腐败，批判了中国人保守愚昧的习性和惧怕洋人的奴才心理，同时也流露出对于国事的悲观和对于革命的误解，是一部有着较大争议的作品。1933 年创作的《离婚》充分展现了老舍的幽默风格。小说嘲弄和讽刺了一群有家室的公务员的平庸生活，这群人都有充分的理由离婚，但又都怕冒险，怕被社会反对，所以没有一个人有胆量提出来。1934 年的《牛天赐传》嘲讽了世俗生活和市民心理，充满了笑料。1935 年的中篇小说《月牙儿》和 1937 年的《我这一辈子》，则对市井小民的不幸充满了同情和愤怒，作品的风格也变得不再轻松。1936 年 9 月起在《宇宙风》上连载的长篇小说《骆驼祥子》是老舍 30 年代最重要的文学成果，也是中国现代文学史上最优秀的小说之一，它确立了老舍在中国现代文学史上的重要地位。

老舍在创作长篇小说的同时也写作短篇小说，大多被收入《赶集》《樱海集》《蛤藻集》等作品集中。他还为林语堂主编的《论语》撰写幽默诗文，并将其中一部分诗作收进《老舍幽默诗文集》中。从1935年起，老舍开始写文章总结自己的创作经历，并且将这些文章收进《老牛破车》这部作品集中。

1937年，“七七事变”（卢沟桥事变）[①]爆发，老舍离开北京，去武汉参加文艺界的抗日斗争。1938年初，中华全国文艺界抗敌协会在武汉成立，老舍被选为常务理事和总务部主任。在主持“文协”工作期间，老舍组织文艺工作者利用各种文艺形式进行抗日斗争，同时也把抗日作为题材，运用诗歌、京剧、话剧、小说等多种文学形式创作了大量作品。其中的代表作就是反映古都北平抗战期间亡国之痛的长篇巨作《四世同堂》的前两部《惶惑》和《偷生》。这部长篇小说生动地展现了小羊圈胡同里的人家从最初的苟且偷生、忍辱顺从，到后来的仇恨、反抗，到最终走上反侵略之路的八年艰难历程。

抗战胜利后，老舍于1946年3月接受美国国务院邀请，赴美讲学，在美国完成了《四世同堂》的第三部《饥荒》和另一部长篇小说《鼓书艺人》，同时协助美国友人翻译他的一些作品。1949年12月，老舍回到祖国。当时国内积极建设新中国的气氛，激起了他新的创作热情。从1950年起，他又创作了以话剧《龙须沟》为代表的大量文艺作品，反映新社会人民的生活，歌颂中国共产党，获得了北京市政府授予的“人民艺术家”荣誉称号。老舍1957年创作的话剧《茶馆》，把他的话剧艺术推向了最高峰。

从1962年开始，极“左”的政治环境使得许多文艺作品遭到批

① 1937年7月7日夜，驻扎在北平西南卢沟桥的日本军队擅自进行军事演习，并假称一名日军士兵失踪，要求进入宛平县城（今卢沟桥镇）搜查。中国军队拒绝了这一无理的要求。于是，日军在卢沟桥开枪开炮，猛烈进攻县城内的中国军队。中国军队第29军37师219团奋勇还击，从此开始了全民族长达八年的抗日战争。

判，老舍被迫停下了自传体小说《正红旗下》的创作。“文化大革命”中，老舍像许多爱国文艺家一样，遭到了攻击和迫害。1966年，他无法忍受造反派的侮辱和毒打，跳入北京太平湖自杀身亡。

1978年初，在邓小平的批示下，老舍的冤案得到了平反，“人民艺术家”的称号也得到了恢复。同年6月3日，北京八宝山革命公墓为老舍举行了骨灰安放仪式。

第二节　长篇小说《骆驼祥子》

《骆驼祥子》通过主人公祥子三起三落的人生遭遇，描写了祥子的生活面貌和其悲剧发生的现实背景，也刻画了祥子这个人物的复杂性格。

祥子的外号叫“骆驼”，是个年轻、老实、身强力壮的年轻车夫，在北京的大街小巷拉车为生。他最大的心愿就是省出钱来买一辆属于自己的车子。可是，他好不容易奋斗了三年，买到了一辆自己的车，却糊里糊涂地被抓去军队当了苦力，车子也被抢走了。有一天晚上，祥子从军队里逃了出来，看见了三匹骆驼，就顺手牵走了，然后以很低的价格卖掉了。祥子不觉得自己偷骆驼有什么不对，因为他的车子也是被别人抢走的。

为了再买到一辆车，祥子又开始加倍努力地拉车，有时候还跟其他车夫抢生意。他租的车子是车厂老板刘四爷的，每天晚上还了车就住在刘四爷的车厂里。刘四爷有一个又凶又丑的女儿，名叫虎妞。虎妞看上了祥子，而祥子一心想着自己有了钱之后，要娶一个勤快、能干的乡下姑娘为妻。可是他又经不住虎妞的引诱，跟她有了性关系。事后，祥子感到羞耻，就离开了车厂，去给曹教授家拉私人包车。曹先生是一位社会主义者，有一次警察借口曹先生参加了共产党的地下

活动，搜查了曹先生的家，祥子好不容易存下来的钱都被那个孙侦探没收了，祥子又变得一无所有。而这个时候，虎妞又不断地来纠缠祥子，骗他说自己怀孕了。祥子没有办法，只好又回到刘四爷的车厂里。刘四爷不愿意把女儿嫁给祥子，骂他是穷小子，贪图刘家钱财，祥子很气愤。在刘四爷六十九岁生日的这一天，虎妞跟刘四爷闹翻了，被赶出了家门。祥子虽然讨厌虎妞，却也没法在这个时候抛弃她。于是不得已跟她结了婚，搬到一个贫民区去生活。

虎妞以为父亲迟早会原谅自己，所以安安心心地靠平时的积蓄过着舒服的日子。祥子发现虎妞并没有怀孕之后非常后悔，他只能更加卖力地拉车，希望有一天可以靠自己的劳动养活全家。可是有一次祥子拉车回家生了一场大病，从此身体状况受到了影响，虎妞在家里常常嘲笑、辱骂他的自力更生的想法。只有一个名叫小福子的邻居姑娘常常会安慰他。但是小福子是一个靠出卖肉体养活酒鬼父亲和弟弟的妓女，所以，虽然后来虎妞真的怀孕并难产死去，祥子也不敢娶小福子，因为他没有能力养活小福子一家人。于是，祥子就搬到别的地方去住了。

老舍代表作《骆驼祥子》

从那以后，祥子的心情开始变坏。他抽烟喝酒，跟一些他以前看不起的车夫来往，甚至还染上了性病。遭遇这样的不幸之后，祥子决定重新开始生活，他打算娶小福子为妻，同时再去给曹教授拉车。可是，等他找到小福子的时候，小福子已经上吊自杀了。祥子的精神被彻底打垮了，他不再回曹先生家拉车了，也不再愿意为了过上好日子而努力奋斗了。他彻底地放弃了自己，偷东西、干坏事、出卖朋友，一天一天地堕落，最终变成了一名邪恶、肮脏、懒惰的城市无业游民。

第三节　祥子的个人主义悲剧

老舍通过祥子从肉体到心灵的毁灭过程，成功塑造了一个人力车夫的典型形象。祥子的悲剧来自于他的理想与现实之间的差距。祥子第一次买车，车丢了。后来攒到的钱又被孙侦探敲诈，没有办法只好向虎妞妥协。虎妞难产后死去，小福子自杀，祥子彻底堕落。这三个过程，使得祥子对车子和金钱的渴望从强到弱，最后一点一点地消失，变成了一个对生活完全绝望的悲剧式人物。

祥子的悲剧与他所处的时代环境有很大关系。祥子生活的时代，军阀混战，社会动乱，士兵、特务、警察任意欺负百姓。他的生活环境也同样不好，刘四爷剥削车夫，富人侮辱、愚弄穷人，给祥子带来了极大的心理创伤。祥子结婚以后，虎妞对他的控制、摆布，以及他们之间不平等的夫妻关系，也加重了祥子内心的痛苦。老舍在作品里这样写道："雨下给富人，也下给穷人；下给义人，也下给不义的人。其实雨并不公道，因为下落在一个没有公道的世界上。"老舍说雨不公道，其实是想说这个世界不公道，这是祥子悲剧的根源。

但是，另一方面，祥子的悲剧也有他个人的原因。祥子是从农村流入到城市的农民，思想性格上不可避免地具有农民的特点。他朴实善良，勤劳节俭，同时也自私、愚昧，具有小生产者的保守、狭隘。他不了解现实，除了攒钱买车以外，什么都不关心。他和其他车夫抢生意，身边没有一个朋友，他孤独、烦恼，把自己的不幸遭遇看成是命运。他盲目地想反抗，但只是用戏弄的方式去针对某个个人。他一直希望靠个人奋斗可以改变现状，结果却在这条路上越走越黑暗。

老舍否定了祥子的个人主义，表现出了思想启蒙的意识，但他并没有为祥子这样的人指出一条光明的道路。

第四节　老舍作品的艺术成就

老舍是中国现代文学史上作品体裁最丰富多样的作家，既是中国创作现代长篇小说最早的作家之一，也是中国五六十年代最重要的剧作家之一。他的短篇小说数量虽然不多，但在结构和题材方面，却比长篇小说更精细、更宽广。他还写了不少充满情趣和机智的散文小品，以及新体和旧体诗歌。此外，老舍还利用传统形式，写下了大量体裁不同的通俗作品，如民间曲艺、戏曲等，并且都取得了出色的成绩。总的说来，老舍作品的艺术成就主要表现在以下几个方面：

一、作品取材市民生活

在中国现代文学史上，老舍的名字总是与市民题材、北京题材密切联系在一起，他是中国现代文坛上风俗人情的杰出的描绘者。

老舍的童年是在大杂院里度过的，所以他从小就熟悉那些生活在社会最底层的城市贫民，了解他们的苦乐，这些都为他后来刻画平民生活打下了基础。在老舍的笔下，中下层的市民百姓如车夫、艺人、妓女、巡警、教员、职员、土匪、洋奴、汉奸、八旗子弟等，胡同、茶馆、大杂院、贫民窟等场景，组成了一幅幅丰富多彩的古都北京风情画；历史和现实，四季的自然景色，不同时代的社会气氛，北京地区的风俗习惯，各种阶层人们的感情、心理等，则构成了一个生动形象的“京味”世界。

老舍尤其善于描写城市贫民的生活和命运，刻画观念保守落后的中下层市民，以及他们在新的历史时代背景下，恐惧、犹豫的矛盾心理和不知所措的可笑言行。通过对平凡的日常生活场景的描写，老舍的作品反映了时代的大变动，深刻地揭示出民族精神的本质，以及作者对中华民族命运的思考。

二、新文学语言

老舍的艺术成就还体现在文学语言的创造性方面。他的小说及散文中的语言通俗易懂，话剧中的对白更是活泼生动。

例如《骆驼祥子》中对祥子外貌的描写：“他的身量与筋肉都发展到年岁前边去；二十来的岁，他已经很大很高，虽然肢体还没被年月铸成一定的格局，可是已经像个成人了——一个脸上身上都带出天真淘气的样子的大人。……他没有什么模样，使他可爱的是脸上的精神。头不很大，圆眼，肉鼻子，两条眉很短很粗，头上永远剃得发亮。腮上没有多余的肉，脖子可是几乎与头一边儿粗；脸上永远红扑扑的，特别亮的是颧骨与右耳之间一块不小的疤——小时候在树下睡觉，被驴啃了一口。他不甚注意他的模样，他爱自己的脸正如同他爱自己的身体，都那么结实硬棒；他把脸仿佛算在四肢之内，只要硬棒就好。是的，到城里以后，他还能头朝下，倒着立半天。这样立着，他觉得，他就很像一棵树，上下没有一个地方不挺脱的。”祥子的模样被描写得栩栩如生。

再如小说中对虎妞的一段语言描写：“‘不喝就滚出去；好心好意，不领情是怎着？你个傻骆驼！辣不死你！连我还能喝四两呢。不信，你看看！’她把酒盅端起来，灌了多半盅，一闭眼，哈了一声，举着盅儿：‘你喝！要不我揪耳朵灌你！’”虎妞的语言处处表现出她在祥子面前那种居高临下、霸道蛮横的作风。

受英国小说家狄更斯、康拉德等人的影响，老舍的作品与中国传统的、民间的文学艺术有着很深的联系，从形式到内容都具有大众化、通俗性、民族色彩浓厚的特点，能够为广大的读者所喜爱。尤其是小说，因为多数取材于北京胡同里小人物的日常生活，所以许多人物的语言，也都具有浓厚的“京味”和各自的性格特点。

三、机智幽默的风格

幽默的文学语言也是老舍的艺术成就之一。老舍是现代文学史上为数不多的幽默作家之一，曾经有“幽默大师”“笑匠”之称。

老舍对生活中的幽默非常敏感，而且善于用机智与讽刺的形式来表现。比如中篇小说《我这一辈子》形容官吏贪污剥削时写道：“告诉你一句到底的话吧，作老爷的要空着手来，满堂满馅的去，就好像刚惊蛰后的臭虫，来的时候是两张皮，一会儿就变成肚大腰圆，满兜儿血。”

短篇小说《一天》讲主人公“我”的一天都被别人侵占的过程：“晚饭后，吃了两个梨，为是有助于消化，好早些动手写文章。刚吃完梨，老牛同着新近结婚的夫人来了。老牛的好处是天生来的没心没肺。他能不管你多么忙，也不管你的脸长到什么尺寸，他要是谈起来，便把时间观念完全忘掉。不过，今天是和新妇同来，我想他决不会坐那么大的工夫。牛夫人的好处，恰巧和老牛一样，是天生来的没心没肺。我在八点半的时候就看明白了：大概这二位是在我这里度蜜月。我的方法都使尽了：看我的稿纸，打个假造的哈欠，造谣言说要去看朋友，叫老田上钟弦，问他们什么时候安寝，顺手看看手表……老牛和牛夫人决定赛开了谁是更没心没肺。十点了，两位连半点要走的意思都没有。”生活中很烦人的一件事，被老舍写得非常有趣，让人忍不住发笑。

从30年代中期开始，老舍的作品变得严肃起来，但是绝大多数作品仍然经常出现机智俏皮的语言，讽刺与幽默并存，既让人发笑，又令人泪下、使人深思。

第五节　30年代的通俗小说

通俗小说早在清末民初即表现为言情小说的形式，20世纪初则在

上海形成了一个文学流派——鸳鸯蝴蝶派，代表人物有包天笑、徐枕亚、张恨水、秦瘦鸥等。这些作家的作品其实并不全是描写才子佳人的恋爱小说，也有武侠、侦探等方面的内容，题材很广泛。从30年代开始，张恨水、张资平、叶灵凤、顾明道等人继续以言情、武侠等题材创作小说，延续着通俗小说的传统。

张恨水代表作《啼笑因缘》

张恨水（1895—1967）是二三十年代通俗小说的重要创作者，20岁左右就在北平从事报业，同时在报刊上连载小说。他早期创作的作品，大多描写男女情爱，属于鸳鸯蝴蝶派小说。20年代中后期到30年代，张恨水在短短几年的时间里，连续写出了《春明外史》《春明新史》《金粉世家》《啼笑因缘》《青春之花》《天上人间》《剑胆琴心》等章回体长篇小说，成了家喻户晓的通俗小说家。其中《金粉世家》和《啼笑因缘》使他的声望达到了最高峰。

《金粉世家》描写豪门之子金燕西，看上了素雅、清纯的平民女学生冷清秋，为此不惜一切代价地追求她，终于得到了她的心，把她娶进了家。可是结婚以后的燕西并不懂得珍惜妻子的感情，他不久就对婚姻生活感到乏味，日益冷淡冷清秋，最终导致两人分手。小说虽然以纨绔子弟金燕西的恋爱婚姻为主线，但也揭露了封建官僚家庭腐朽、堕落的生活和空虚、无聊的精神世界。2003年，根据《金粉世家》改编的40集电视剧在全国各电视台播出。

《啼笑因缘》是张恨水最出名、最畅销的小说，曾再版二十多次，被改编成不同的戏曲，先后六次被拍成电影，2004年还被拍成了38

集的电视剧。这部把言情、武侠及批判现实的内容结合在一起的小说，把目光转向了下层平民社会，以青年学生樊家树与大鼓书[①]女艺人沈凤喜的爱情悲剧为主要内容，同时穿插了军阀刘德柱霸占沈凤喜以及一身武艺的关寿峰父女除恶助弱的故事情节。小说情节曲折动人，读者为之狂热，张恨水甚至不得不为该小说增加了十回的续书。

作为30年代前后最多产、最畅销的通俗小说家，张恨水在不同层次的读者中都享有极高的声望，连鲁迅先生也曾购买他的小说，孝敬给喜爱张恨水的母亲看。许多读者痴迷于他的小说，常常在报馆门口排队等着买新报纸，以便最快读到张恨水的连载小说。老舍先生称他“是国内唯一的妇孺皆知的老作家”。更重要的一点是，张恨水的章回体小说虽然通俗，但内容却是积极的。他既能以精彩的故事情节吸引读者，又能准确反映当时的现实；既能体现中国古典小说词句典雅的优点，又能吸收西方小说的某些技巧。他使章回体的传统形式与现代生活内容相融合，达到了雅俗共赏的效果，从而提高了中国通俗文学的水平。难怪茅盾先生也称赞道：“运用章回体而善为扬弃，使章回体延续了新生命的，应当首推张恨水先生。”

思考题

1. 谈谈老舍作品在体裁和题材方面的特点。
2. 说说《骆驼祥子》的主人公祥子的人生悲剧及其成因。
3. 老舍作品在语言上有什么特点？请举例说明。
4. 简单介绍张恨水的通俗小说。

---

① 清末民初流行于京津地区的一种民间说唱艺术。表演形式是一人站着说唱、击鼓，三人以弦乐器伴奏。说唱的内容一般为有故事情节的传统短篇曲目。

第四章 茅盾与《子夜》

茅盾（1896年7月4日—1981年3月27日），原名沈德鸿，字雁冰，浙江桐乡人。现代著名小说家、文学评论家、文化活动家和社会活动家。五四新文化运动的先驱者之一，也是中国革命文艺的奠基人之一。

第一节 茅盾的人生经历

茅盾

茅盾出生在浙江桐乡县文化气息浓厚的古老水乡——乌镇。父亲沈永锡思想较开放，重视自然科学。母亲陈爱珠是一位有知识、有远见、性格坚强的妇女。茅盾10岁时父亲去世，童年时代就由母亲教给他文学、地理和历史方面的知识。所以茅盾说："我的第一个启蒙老师是我母亲。"

茅盾8岁进入小学，不仅读了国文、算术等教科书，还对绘画产生了兴趣。因为父母思想开明，他还读到了像《西游记》《三国演义》《水浒传》《聊斋志异》《儒林外史》等保守人士禁止小孩

儿阅读的“闲书”。

1909 年，茅盾考入浙江湖州第三中学堂，1911 年秋季又转入嘉兴中学堂。辛亥革命爆发后，受革命热潮的影响，茅盾和几个同学批判了一个坏学监[①]，因而被学校开除，于是转入杭州安定中学校继续学习，直到毕业。中学时代的茅盾阅读了大量古典文学作品，文学思路得以开启，文学才能也在少年时期的作文里有所显露。

1913 年，茅盾考入北京大学预科。由于家庭经济困难，他毕业后就进入上海商务印书馆编译所工作，与别人合作翻译作品，同时还到国文部编写《中国寓言》，并参与《学生杂志》的编辑工作。1920 年初，茅盾开始主持大型文学刊物《小说月报》的编务工作，写作了大量文学方面的论述文章。

1921 年 1 月，茅盾与郑振铎、王统照、叶绍钧、周作人等人发起成立了“文学研究会”，将大量的精力投入到文学革命的活动中，是文学研究会最重要的作家、翻译家和评论家。这一时期的茅盾还积极参加社会革命活动，并于 1921 年 7 月加入了中国共产党，成为中国共产党最早的党员之一。

1925 年五卅运动[②]爆发，茅盾作为职工代表参加了商务印书馆的罢工斗争。同年底，茅盾前往广州出席国民党第二次全国代表大会。会议结束后，他就留在广州国民党中央宣传部担任秘书。国共合作破裂后，茅盾遭到国民党通缉，从武汉流亡到上海、日本等地。1930 年 4 月，茅盾从日本回到上海，不久就加入了中国左翼作家联盟，和鲁迅一起进行革命文艺活动和社会斗争。

1927 到 1937 年，茅盾的文学创作进入了成熟、丰收的时期。在这

① 旧时学校里监督、管理学生的人员。

② 1925 年 5 月 15 日，日本纱厂资本家打死打伤罢工工人十多人，激起民众极大愤怒。在中国共产党领导下，广大工人群众于 5 月 30 日在上海租界举行反对帝国主义的爱国游行示威，随后形成了全国性的罢工、罢课、罢市运动，成为具有国际影响的反帝斗争。

期间，他完成了中篇小说《路》《三人行》，《蚀》三部曲《幻灭》《动摇》《追求》和长篇小说《虹》《子夜》，展现了左翼文学的巨大成果，尤其《子夜》更是成为五四以来新文学发展历程中的里程碑。与此同时，茅盾还完成了优秀短篇小说《林家铺子》、农村三部曲（《春蚕》《秋收》《残冬》）等作品，创作了一些散文诗和《神话杂论》《西洋文学通论》《北欧神话ABC》《中国神话研究ABC》等学术著作，以及《从牯岭到东京》《读〈倪焕之〉》等大量杂文、文艺短评和作家研究论。

抗战时期，茅盾曾经在新疆学院任教，后又来到延安，在鲁迅艺术文学院、陕甘宁边区文化协会讲学。1940年10月，茅盾离开延安来到重庆，创作了优秀散文《风景谈》《白杨礼赞》。1941年初，茅盾的长篇小说《腐蚀》开始在《大众生活》周刊上连载。太平洋战争[①]爆发后，茅盾离开香港来到桂林。在桂林的9个月里他完成了长篇小说《霜叶红似二月花》。1942年底，他再次来到重庆，并于1945年完成了第一个剧本《清明前后》，同年9月该剧在重庆上演。

茅盾二十多年的文艺活动和文学创作为他在文艺界取得了很高的声誉。1945年6月，进步的文艺界为纪念他从事文学创作二十五周年，专门举行了庆祝会，并发起了名为“茅盾文艺奖金”的征文活动。

抗战胜利后，茅盾到上海主编《文联》杂志，与上海文化界进步人士一起呼吁和平，要求国民党政府停止战争、保障人权和言论自由。在这期间，茅盾翻译的苏联小说集《人民是不朽的》《团的儿子》《苏联爱国战争短篇小说译丛》出版。他还被邀请去苏联访问，写下了《苏联见闻录》《杂谈苏联》两部书。

1946年内战爆发后，国内局势日益严酷，茅盾被迫再次离开上海

① 1941年12月7日，日本空军突然袭击珍珠港，美国舰队受到重创。第二天，美国和英国对日本宣战，11日，德国和意大利也对美国宣战，太平洋战争全面爆发。日本在不到半年的时间内，侵占了香港、马来西亚、菲律宾、关岛、新加坡、缅甸、印度尼西亚等地，暂时处于军事上的优势。

前往香港。1948 年 9 月，茅盾开始主编《文汇报·文艺周刊》，并在该刊连载他的又一部长篇小说《锻炼》。1948 年底，茅盾夫妇接受中国共产党邀请，离开香港，回到和平解放后的北平（北京）。中华人民共和国成立之后，茅盾先后担任了文联副主席、文化部长、中国作家协会主席、全国政协副主席等职务，并主编了《人民文学》杂志。

“文革”期间，茅盾被停职、挨批斗，空闲的时候，他悄悄写下了《霜叶红似二月花》的“续篇”，以及回忆录《我走过的道路》。1981 年 3 月，茅盾在北京病逝。他生前立下遗愿，将自己 25 万元的稿费捐献出来设立文学奖金，鼓励优秀长篇小说的创作。这就是中国长篇小说最高文学奖项之一的“茅盾文学奖”。

第二节　长篇小说《子夜》

20 世纪 30 年代初，国共两党敌对，战乱频繁。共产党在乡村组织农民进行武装斗争，在工业城市里发动工人罢工。而大都市上海却是另一番景象，这里到处是时髦的男女，浓浓的香气，五颜六色的霓虹灯和刺耳的噪音，还有各色各样追逐利益的人物以及他们之间冷酷无情的斗争。《子夜》的故事就是在这样的背景下展开的。

茅盾代表作《子夜》

开丝厂的吴荪甫是个民族资本家，他在乡下老家双桥镇的父亲吴老太爷为了躲避战乱来到上海，但是上海的繁华景象、灯红酒绿的声色、儿子吴

荪甫的新式作风等等，让这个思想守旧的老太爷感到恐惧，并深受刺激。一进吴家大门，吴老太爷就因脑充血而猝死。

吴荪甫在家里为父亲办丧事，上海滩有身份、有地位的人都来吊唁[①]。他们中有的是企业老板，有的是大金融家，有的是政客、文人。这些人表面上是来吊唁，实际上却各怀心思，或打听战争情况，或谈生意、搞社交。吴荪甫的心思也不在父亲的丧事上，老家双桥镇的农民正在搞暴动，丝厂的工人则在罢工，这些都要他想办法对付。与此同时，善于投机的金融买办资本家赵伯韬也在拉吴荪甫和他姐夫杜竹斋合伙做公债的"多头"[②]，想在股票交易中低价买进、高价卖出，从中赚大钱。吴荪甫、杜竹斋决定跟着赵伯韬干一场。

金融公债市场上混乱、投机的状况严重阻碍、破坏了工业的发展，企业界一些有志之士便推选吴荪甫出面，联合各方面有力量的人一起办一个银行，建立自己的金融流通机构，以便将来能够用大部分的资金来经营交通、矿山等民族企业。这正好符合吴荪甫的心意，他本来就有很大的野心，又敢于冒险。于是他与姐夫杜竹斋等人不久就办起了"益中信托公司"，准备吞并其他中小企业。

吴荪甫家乡的农民暴动，使他乡下的产业遭受了损失，于是他决定把双桥镇剩下的资产卖掉，换成现金，投入到益中信托公司里，干一番大事业。为了对付工人的罢工，吴荪甫重用了一个有胆量、有心计的青年职员屠维岳，又暗中收买了带头罢工的女工姚金凤，最终平息了罢工。也是在这个时候，杜竹斋向他报告了跟赵伯韬合作的公债投机成功的喜讯。吴荪甫一一解决了麻烦，心里充满了自得之感，以为更大的胜利在向他招手。

然而好形势并没有持续多久，省政府就下了一道命令：为了维持

---

① 为死去的人举行仪式，并慰问死者家属。

② 先买进股票，等股票价格涨到某个价位时，再卖出股票赚取差价，这叫做"多头"。

双桥镇的市场，所有工厂、商店都不许关闭。这样，吴荪甫原来准备用工厂换现金的计划就流产了。可是，益中公司本打算吃掉七八个小企业，正需要大量资金；跟赵伯韬搞公债投机，也需要资金，却在这个时候遇到了资金严重缺乏的困难，吴荪甫非常恼怒。这时，在股票交易所里，吴荪甫与赵伯韬之间的关系也从原来的联合转化为对立，益中公司与赵伯韬的斗争越来越激烈，赵伯韬甚至想趁着吴荪甫资金短缺的时候吃掉他的产业。几次来回较量之后，吴荪甫的益中公司损失了八万元，不得不停止了业务。而因为资金不足，吴荪甫又加紧了对工人的剥削，拼命克扣他们的工钱，终于引起了新一轮的罢工。就在吴荪甫麻烦不断的时候，杜竹斋又在赵伯韬的压力之下，退出了益中公司，这使得吴荪甫陷入了进退两难的困境。

为了排解心头的烦闷，吴荪甫带着一名交际花徐曼利，乘坐轮船，在长江上寻欢作乐，追求刺激。当然，他并不会轻易认输，他和合伙人商量后，决定把益中公司抵押给西方人开的“洋行”，甚至还把自己的丝厂和房子都抵押成资金，全部投进公债市场里，准备跟赵伯韬最后拼一场。如果杜竹斋这时与吴荪甫合作的话，吴荪甫是能够获得胜利的。可是，关键时刻，杜竹斋却背叛了他，站在了赵伯韬一边。吴荪甫一下子失去了全部的资本，彻底破产了。曾经令人羡慕的新派企业家，转眼之间变成了身无分文的穷光蛋。吴荪甫这时候才明白，在中国发展民族工业是多么地艰难。他无法接受这样的事实，于是绝望地举起了手枪，对准了自己的胸口。不过，他并没有开枪，而是很快镇定下来，命令家人收拾行李，当天晚上就登上了去外地的轮船。

第三节　《子夜》的艺术成就

《子夜》是中国第一部成功的现实主义长篇小说。1933 年 6 月，

《子夜》刚刚出版问世就产生了巨大的影响，震动了中国文坛。半个多世纪以来，《子夜》不仅在中国拥有数量众多的读者，还被翻译成英、德、俄、日等十几种文字，产生了广泛的国际影响。《子夜》的巨大艺术成就主要表现在以下几个方面：

一、《子夜》的结构

《子夜》的规模、场面极其宏大，是一部全方位描写30年代初大都市上海的文学作品。为了创作这部小说，茅盾进行了查找资料和实地考察等大量准备工作，力求真实地反映30年代中国的政治、经济，甚至军政界的史实。

《子夜》是一幅30年代初中国社会广阔而生动的画卷，包含了民族资产阶级企业家的奋斗，中小民族工业的被挤压、吞并，买办金融资本家的仗势欺人，公债交易市场上你死我活的争斗，农村地主的恶劣行为，资本家的家庭内部矛盾，都市各阶层人物的面貌，农民的暴动，工人的罢工等等，因此结构十分宏大。不过，这并没有影响小说结构的严谨。《子夜》的开头以一个别致的场面拉开了故事的大幕：吴老太爷在抵达上海的第一天突然死去，从而引出上海滩上各色人物去吴府吊唁的情景，这样就自然而巧妙地把许多人物带进了读者的视野。接着，小说又通过这些人物牵出了几条充满矛盾冲突的情节线索：吴荪甫和赵伯韬之间的明争暗斗是一条主线，农村暴动、工厂罢工、公债市场上的较量等几条不同的情节线索纵横交错、各自延伸，却又清晰可辨、条理分明，与主线融合成一个统一的整体。最后，吴荪甫在与赵伯韬的斗争中以失败告终，他的种种努力都白费了，于是所有的分支线索又都回到主线上。这个结局有起有伏，扣人心弦，使得这部时间跨度小、人物众多的作品具有了史诗一般的宏伟气势。

二、《子夜》的人物塑造

《子夜》成功地塑造了一批形形色色的艺术形象，其中最出色的要数中心人物吴荪甫。作为民族资本家代表的吴荪甫精明、能干，有抱负、敢冒险。留学欧美的经历，使他掌握了一套传统民族企业家所不具备的新型企业管理知识和本领。此外，他还拥有雄厚的资本，更有发展民族工业、与外国货竞争的伟大目标。为此，他和几位有着共同理想的民族企业家孙吉人、王和甫一起建立了融合金融、实业为一体的“益中信托公司”，期望他所经营的益中公司有一天“高大的烟囱如林，在吐黑烟，轮船在乘风破浪，汽车在驶过原野”。

在跟买办资本家赵伯韬的竞争、斗争中，吴荪甫也表现得坚强、自信、乐观和勇敢，同时也用自己的这种精神鼓动周围的企业家们，还把自己的益中公司作为与赵伯韬斗争的后盾。他用右手握拳打着左手的掌心说：“我还是要干下去的！中国民族工业就只剩下屈指可数的几项了！丝业关系中国民族的前途尤大！”然而，即使是吴荪甫这样强硬的性格，也难免有软弱无力、空虚无助的一面。益中公司对外遭遇的是强大的外国殖民主义经济势力和买办资本家的阴谋破坏，而国内动荡的政治局势和国民党政府繁重的税收制度，也严重阻碍了民族企业的生存和发展。不仅如此，大多数老百姓经济贫困，根本没有力量购买他们的产品。种种内因外因使得吴荪甫的益中公司陷入了严重的经济危机。吴荪甫雄心勃勃、全力振兴中国民族工业的道路竟然走得无比艰难困苦，他的精明刚强也变得毫无用处，以致他最终感到空虚痛苦，只能用放纵的玩乐来麻醉自己，甚至不得不把益中公司抵押给了外商，彻底承认自己的失败。

吴荪甫是一个性格复杂、内心充满矛盾的人物。在他的身上，充分地表现出了中国民族资本家的两面性。一方面，他很反感帝国主义、封建主义、官僚买办资产阶级的种种行为，另一方面又因为利益关系

而离不开他们，跟买办资本家赵伯韬合作投机公债就是个典型的例子。吴荪甫反对国民党政府的税收制度，但又要依靠国民党的军警来镇压工人罢工和农民暴动。在商场上，吴荪甫是个新式的资产阶级企业家和新派人物，但在家庭生活中，他却十分独断专行，与妻子貌合神离，甚至玩弄交际花、强暴女佣。吴荪甫的这种两面性，使得他处在一个两面夹击的境地，悲剧命运也就不可避免。

三、《子夜》的心理描写

茅盾特别擅长通过心理描写来刻画人物形象。比如对吴荪甫的心理描写，他没有采用静态的叙述，而是通过吴荪甫应付工人罢工、农民暴动、公债市场等多个动态事件时，时而兴奋、时而忧虑、时而镇定、时而焦躁的心理变化来表现他复杂的内心世界。例如，吴荪甫第一次召见丝厂青年工人屠维岳时的心态变化就令人印象深刻。开始吴荪甫因为屠维岳回答他的问话时表现得很镇定而对屠维岳产生了赞许之情，可是当屠维岳说到自己曾经是已故吴老太爷赏识的人才时，吴荪甫立刻对他厌恶起来；屠维岳自然大方、没有丝毫局促不安的神态，又让吴荪甫觉得这个青年可以为他做点事；可是过了一会儿他竟然又怀疑屠维岳是个神经病，准备解雇他；等屠维岳说出平息罢工的办法以后，他又想给屠维岳加工资，并分配重要任务给他；屠维岳走后，他又打电话叫人暗暗监视屠维岳；电话接通后，吴荪甫又一次改变主意，严厉训斥对方并令其今后一切都要听从屠先生的安排。吴荪甫的反复不定，恰好表现了他的矛盾心态和多疑、自负的性格。

第四节　30 年代左翼文学的成就

30 年代是小说流派大量涌现的时期，其中值得注意的是左翼革命

文学的崛起。普罗小说是早期的革命文学流派，也是最早出现的小说流派，小说家主要有蒋光慈、洪灵菲、郭沫若、郑伯奇等，代表作为蒋光慈的《咆哮了的土地》《短裤党》，洪灵菲的《流亡》等。这些小说专门描写革命斗争，表现无产阶级和劳动群众的痛苦，以及他们走向革命的经历。普罗小说对革命常常流露出不合实际的幻想和热情，在人物刻画上往往缺乏真实性，具有概念化的倾向。

继普罗文学之后，新崛起的左翼青年作家们取得了较为显著的成就，其中柔石、艾芜、叶紫、丁玲、张天翼等人影响比较大。

柔石（1902—1931）是较早进行文学创作的进步青年作家，他 1930 年的《为奴隶的母亲》描写了浙江农村“典妻”①习俗的罪恶，深刻反映了封建制度下农村劳动妇女的苦难和不幸，具有很强的现实性。

艾芜（1904—1992）的短篇小说集《南行记》记录了他在中国西南边界及东南亚一带漂泊期间的所见所闻。其中的《山峡中》描写了一群强盗的生活，刻画了一个内心冷酷、满身匪气，但仍然不失美好人性的女土匪“野猫子”的形象。

丁玲早期代表作《莎菲女士的日记》

丁玲（1904—1986）是 30 年代最有成就的左翼青年女作家。早在 1928 年初，她就发表了成名作《莎菲女士的日记》，表现了现代女性的觉醒、困惑和人生矛盾。小说用第一人称日记体的形式，细致地刻画了莎菲女士的内心世界，显示了丁玲在心理描写方面的出色才能。1930 年，丁玲加入了左翼作家联盟，这

① 旧社会盛行于浙江省等南方地区农村的陋习。穷人因无力养家，便把妻子租借给没有儿子的富人家，为其生育后代，特别是生育儿子。这是封建时代的一种临时婚姻形式。

一年，她发表了中篇小说《韦护》，描写了革命者韦护的恋爱故事，表现了革命事业战胜爱情、革命者的意志战胜个人主义的思想理念，显示出她创作思想上的明显转变。不久，丁玲又创作了《一九三〇年春在上海》，描写女主人公不愿过舒适的太太生活，离开丈夫投身到火热的革命运动中去的经历。1931 年的短篇小说《水》，被认为是左翼文学的优秀成果。这篇小说描写了水灾逼迫之下的农民起义，表现的是群体的场面和情绪，与她早期个人主义和“革命加恋爱”式的小说相比，呈现出了截然不同的风格和倾向。

张天翼（1906—1985）是左联优秀的讽刺小说家，30 年代出版了《从空虚到充实》《小彼得》等 10 多部短篇小说集，以及《清明时节》《鬼土日记》等中长篇小说。张天翼擅长以讽刺手法表现社会各阶层人物，尤其是小市民的庸俗生活，塑造了大量恶俗、可笑的人物形象。《包氏父子》是张天翼最深刻的讽刺小说代表作，描写身为看门人的老包一心希望儿子包国维能够改变自己的社会地位，为此不惜借钱供儿子去洋人办的学校读书。没想到，儿子在一群富家子弟的引诱下竟然堕落了，最终被学校开除。小说讽刺了老包那种庸俗的市民心态，同时也批判了畸形社会的虚伪与丑恶，反映了小人物的悲剧命运。

在左翼作家中，社会剖析小说是 30 年代成长迅速的一个流派。他们的创作既有“为人生”的现实主义精神，同时又以马克思主义理论为指导，建立了革命现实主义的文学创作方法。吴组缃、沙汀等左翼青年作家以茅盾的《子夜》《春蚕》等社会剖析小说为范本，也创作出了很多优秀的社会剖析小说。

吴组缃（1908—1994）1933 年以后创作的《一千八百担》《樊家铺》《天下太平》等小说从不同角度描写了农民因破产而陷入悲惨境地的过程，还从社会经济方面分析了农民贫困、破产的原因。吴组缃的小说语言精练，人物描写和环境描写都很细致生动，具有浓厚的乡土气息。

沙汀（1904—1992）的《兽道》《在祠堂里》《代理县长》等小说揭露了旧军队对百姓的残害，以及政府官员对已经遭受灾害的农民的压榨和剥削。虽然同是揭露黑暗和丑恶，但沙汀却隐藏了自己的主观感情，完全采用客观的手法进行讽刺和批判，因而形成了深沉而含蓄的风格。

思考题

1. 结合作品谈谈《子夜》的结构特点。
2.《子夜》的主人公吴荪甫性格上的复杂性表现在哪些方面？
3. 谈谈30年代左翼革命文学的成就。

第五章　巴金与“激流三部曲”

巴金（1904年11月25日—2005年10月17日），原名李尧棠，字芾甘，四川成都人。现代著名文学家、翻译家和出版家。五四新文化运动以来最有影响的作家之一。

第一节　巴金的人生经历

巴金祖籍浙江嘉兴，出生于四川省成都的一个官僚地主大家庭中，从小受家人，尤其是他母亲陈淑芬的宠爱。巴金回忆说：“她很完美地体现了一个‘爱’字。她使我知道人间的温暖；她使我知道爱与被爱的幸福。”巴金 10 岁的时候，最疼爱他的母亲去世了。不久，他的二姐也死去。1917 年，父亲也因病去世。最亲的家人相继离开人世，是巴金人生道路上的一大转变。因为父亲的死，“这个富裕的大家庭变成了一个专制的大王国。……‘压迫’像沉重的石块重重地压着。”巴金说的这些

巴金

压迫就是封建大家庭的陈旧思想观念，以及来自长辈们的权威。年轻的巴金一面遭受着亲人死亡的痛苦，一面对祖父统治之下大家庭内部的各种明争暗斗、专制残忍感到厌恶，对奴婢们的悲惨命运感到愤恨。

1919 年，五四运动爆发，各种主义和思潮广泛传播，巴金的眼前出现了一个全新的世界。这时，一本名为《告少年》的小册子对他产生了巨大的影响，小册子的作者就是 19 世纪 70 年代俄国无政府主义思想家克鲁泡特金。巴金从此开始研究无政府主义思想并深受其影响。

1920 年底，巴金的祖父去世，他很庆幸“家里再也没有人可以支配”他的行动了。1920 年至 1923 年，他进入成都外语专门学校学习英语，1923 年离开成都来到上海，不久又转到南京东南大学附中读书。1925 年高中毕业后，他重返上海，开始从事写作，经常发表论文和译文，宣传无政府主义。

1927 年 1 月，为了进一步研究无政府主义，巴金赴法国巴黎留学，同时开始翻译克鲁泡特金的《伦理学》，并完成了他的第一部小说《灭亡》，在《小说月报》上连载。《灭亡》的问世在青年读者中引起了强烈反响，标志着巴金文学创作生涯的正式开始。从这部小说发表开始，他一直使用“巴金”这个笔名。

1928 年冬天，巴金从法国回国后仍住在上海，并开始进行大量的文学创作。从 1929 年到 1949 年底，他一共创作了 18 部中长篇小说，12 部短篇小说集，16 部散文随笔集，以及大量的翻译作品。1934 年，巴金在北京担任《文学季刊》的编委。1935 年，在上海担任文化生活出版社的总编辑，出版了《文学丛刊》《文化生活丛刊》《文学小丛刊》等刊物。

1936 年，巴金与鲁迅等人先后联名发表《中国文艺工作者宣言》和《文艺界同人为团结御侮与言论自由宣言》，并于抗日战争期间担任了历届中华全国文艺界抗敌协会的理事，在各地积极进行抗日救亡文化活动，编辑了《呐喊》《救亡日报》等报刊。抗战结束后，巴金的创

作转向对国统区黑暗现实的批判。

1949年，巴金出席了第一次全国文代会，被选为文联常委。中华人民共和国成立后，巴金担任了全国文联副主席、中国作家协会主席、中国笔会中心主席、全国政协副主席等职务，并主编《收获》杂志。他还两次去朝鲜战场采访，编辑了《生活在英雄们中间》《保卫和平的人们》这两本散文通讯集。

"文革"时期，巴金遭到了残酷的迫害。"四人帮"垮台以后，巴金重获自由。从1978年开始，他在香港《大公报》上连载散文《随想录》，这是他晚年最重要的代表作。在这部散文集中，巴金痛苦回忆，深刻反思，重新开始青年时代的理想追求。他正视"文革"带来的灾难，正视自己人格曾经出现的扭曲，用严肃的态度来完成一个知识分子肩负的历史责任。《随想录》中诚实、坦白、严肃的反思精神使巴金达到了文学、思想和人格的最高峰。

1982年到1985年，巴金相继获得意大利但丁国际奖、法国荣誉军团勋章、香港中文大学荣誉文学博士学位和美国文学艺术研究院名誉院士等称号，是获得国际性荣誉最多的一位中国作家。此时，已是八十高龄的巴金老人仍然热情地关注和支持祖国的文学事业。他最早倡仪建立中国文学馆，引起海内外强烈反响。1995年，经过多年的准备和建设，中国现代文学馆在北京成立。这是中国第一座，也是目前世界最大的文学博物馆。

1999年，国际编号8315的小行星被命名为"巴金星"。2003年11月25日，中国国务院授予巴金"人民作家"的荣誉称号。2004年，在他百岁生日的那一天，中国中央电视台《东方之子》栏目播出了专题节目"有你在，灯亮着"。2005年10月17日，巴金因病逝世于上海，享年101岁。

巴金在他七十多年的创作生涯中，共出版了一千万字的著作和四百多万字的译著，其中许多作品被先后翻译成20多种外文出版。

1949 年以前的作品大都收集在《巴金文集》14 卷中，新编的《巴金全集》从 1986 年起陆续出版。

30 年代是巴金中长篇小说和短篇小说的丰收期，著名作品有“爱情三部曲”（《雾》《雨》《电》）、“激流三部曲”（《家》《春》《秋》）等。“爱情三部曲”是巴金本人最喜爱的前期作品，反映了巴金早年对革命这一重大社会问题所做的思考，代表了他早期的世界观。巴金 40 年代的作品主要以《憩园》《第四病室》《寒夜》为代表。与早期作品相比，巴金已经摆脱了青年时代的英雄主义激情，从对封建专制的仇恨、批判，转为对黑暗世界冷静、客观的观察与分析，对人物内心世界的细微刻画成为作品的重心。

第二节　激流三部曲

“激流三部曲”是巴金的代表作，包括《家》《春》《秋》三部，基本上创作于 30 年代，其内容的时间跨度是从 1919 年到 1924 年。小说描写了中国社会动荡时期一个封建大家庭中的种种丑恶现象，批判了封建专制制度对年轻人的压制和摧残，同时以极大的热情歌颂了封建大家庭中年轻一代的觉醒，以及他们敢于反抗旧制度的勇气和叛逆精神。“激流三部曲”曾经激荡过几代青年读者的心，是巴金最成功、影响最大的作品，也是中国现代文学史上最杰出的作品之一，它奠定了巴金在现代文学史上的重要地位。

巴金代表作《家》

一、《家》

《家》是“激流三部曲”中影响最大的一部作品，创作于1931年，最初在上海《时报》上连载，每天一千字左右。1933年，《家》的单行本正式出版。

《家》集中描写了传统封建大家庭的典型形态。成都的高氏家族有五房儿孙，在高老太爷的统治之下，家庭内部充满了各种矛盾、罪恶和悲剧。高家长房有觉新、觉民、觉慧三兄弟，因为父母很早就去世了，所以由长孙觉新当家。

觉新性格软弱，虽然受过新式的教育，却从来不敢顶撞长辈。他年轻的时候跟表妹梅相爱，但却听从父母的安排，娶了珏做妻子。婚后的生活也算幸福，有孩子和爱自己的妻子，可觉新的内心深处却始终忘不了梅。梅出嫁不久就成了寡妇，回到成都后就生病去世了，这给觉新带来了很大的痛苦。

觉民与觉慧在学校参加了学生运动，回家遭到爷爷的训斥，还被关在家里，不准他们出去。觉民与表妹琴相爱，但爷爷同样为他定下了一门亲事，觉民只好离家逃避。觉新为此受到爷爷的严厉责备，心中很是郁闷。觉慧是三兄弟中最具有反抗精神的，他喜欢家里的女佣鸣凤，可是高老太爷却要把鸣凤嫁给自己的朋友冯会长做小老婆。鸣凤在绝望中跳湖自杀，觉慧感到无比悲愤，他决心要脱离这个可怕的家庭。

高家五儿子高克定骗了妻子的钱在外面盖了个小公馆，还欠下了一大笔债务。四儿子高克安也在外面跟唱戏的演员鬼混。高老太爷在这样的打击下病倒并死去，高家要举行丧礼。而觉新的妻子珏恰好在这时要生孩子，却被高老太爷的姨太太赶到郊外去，理由是这个时候在家生孩子不吉利，觉新不敢反对。珏生孩子时难产，由于乡下医疗条件不好、照顾不周到，她不幸死去。觉新痛苦而悔恨，他觉得高家应该有个人起来反抗了，于是他支持弟弟觉慧离家去上海。

二、《春》

《春》是“激流三部曲”的第二部，从1936年开始在《文季月刊》上连载，1938年2月完成，同年4月出版了单行本。

《春》讲述的是觉慧逃出大家庭后获得了自由，但家中的悲剧依然在延续。高家三兄弟的表妹蕙聪明而美丽，可她的父亲却把她许配给一个姓陈的坏人家，大家都为蕙表妹感到惋惜，觉新更是在她身上看到了梅和珏的命运。而这时，觉新的儿子海儿又不幸病死，对他打击巨大，使他失去了对生活的信心。

三叔家的女儿淑英被父亲许配给当年害死鸣凤的冯家，她不愿意服从，觉民和琴表妹决定帮助淑英去上海找觉慧。蕙表妹嫁到陈家后，生活果然非常不幸，她生了大病，婆家人却不愿意请西医为她治病，结果耽误了治疗，蕙表妹死了。这件事再一次刺激了觉新，他开始支持觉民的计划。最后，淑英逃出高家，被送到了上海。她在上海给觉新写信，告诉他自己获得自由后的幸福。

《春》的故事出版以后，给很多渴望摆脱家庭、获得人身自由的年轻人带来了勇气。他们把巴金当成导师，向他请教各种问题。这其中也有后来成为巴金夫人的萧珊。

三、《秋》

《秋》是“激流三部曲”的最后一部，1940年5月完成，同年7月就出版了。

《秋》里，蕙表妹的棺木在庙里已经停放了一年之久，她的丈夫忙着娶新老婆，根本没想过要为她举办葬礼。后来在觉新和觉民的强烈要求下，蕙的棺木才终于入土。

觉新的三叔克明在女儿淑英逃跑后感到后悔并醒悟，但是儿子不争气，两个弟弟又一心想着卖掉高公馆分家产，克明整日郁闷，不久

丢下怀孕的妻子去世了。淑英的女佣翠环敬佩觉新的人品，克明的太太有意把她嫁给觉新。

高公馆终于被卖掉了，高家四分五裂。觉新的四叔、五叔两家继续过着荒淫无度的生活，堂兄弟们依然不像样子。只有三叔家和他们保持着亲密的关系。觉新娶了女佣翠环，对她平等相待。觉民也终于跟琴表妹举行了新式婚礼，准备去外地工作。

“激流三部曲”的思想意义一方面表现在揭露了封建家庭内部的腐朽和罪恶，另一方面则表现在塑造了一群从觉醒到反抗的年轻一代的形象。揭露封建制度的黑暗和罪恶，是中国现代文学作品中一个重要的主题，而巴金是最持久地表现这一主题的作家，说明他对这一主题的感触之深和热情之高。他凭借自己对封建大家庭的熟知，从内部深刻剖析封建制度的愚昧、腐朽和黑暗，并以长篇巨制的形式完整地表现出来，使得“激流三部曲”成为对20世纪20年代初中国家庭、社会面貌的真实记录，更成为许许多多年轻人反抗封建制度、掌握自身命运的强大动力。这正是巴金作品的独特之处。

第三节 “激流三部曲”的艺术特点

“激流三部曲”凝聚了巴金的个人经历和强烈感情，是他在真实生活的基础上进行艺术创造的成功之作。

一、人物形象

“激流三部曲”是一部规模浩大的作品，在这部作品里，巴金成功地塑造了一批不同性格、不同遭遇的典型人物形象，如觉慧、觉新、瑞珏、鸣凤、高老太爷等。

高觉慧的“叛逆者”形象具有重要意义。他是20世纪初在五四

思想影响下最先觉醒的中国青年之一，是高家勇于反抗封建专制制度的第一人。他最先看出了封建家庭必然毁灭的趋势，在家庭内部的反抗斗争中，他总是站在最前面，甚至敢于蔑视高老太爷的权威。他积极参加学生运动，公开支持二哥觉民的抗婚。他反对愚昧落后的封建习俗，反对大哥觉新的懦弱、顺从和不抵抗。觉慧的觉醒和反抗带动了高公馆内部一大批年轻人，继而形成了一股冲击高家传统势力的“激流”。然而，觉慧的反抗在一定程度上又表现出了某种幼稚的特点。比如，他对封建制度的顽固性缺乏足够的认识，过高地估计个人反抗的力量和作用。这其实也是五四时期一般小资产阶级知识分子身上常见的弱点。

相比之下，觉新是一个“多余人”[①]，却也是“激流三部曲”中最成功的人物形象，是贯穿《家》《春》《秋》的中心人物。

觉新相貌清秀、聪明好学、心地善良。他读过新书新报，受到过五四新思想的影响。可是长房长孙的身份和封建式的教育让他无力反抗，甚至还顺从长辈的意志，做一些自己内心十分反感的事情。他的聪明才学都用在婚事、丧事、陪客、庆典这样的家族事务上，连自己的婚姻大事也用荒唐的抓阄方式来决定。觉新一味忍让，其实在客观上起了维护旧礼教、旧制度的作用，而自己也成为封建礼教的牺牲品。

现实和理想的矛盾造成了觉新性格的两重性，他既痛恨家庭内部的陈规陋习，又无法摆脱自己长房长孙的身份去改变现状，而封建观念也使他无力克服那些障碍，只能一次又一次地在各种迫害之下步步退让，最终使自己的人生充满了悲剧。

---

① “多余人”是19世纪俄国文学中所描绘的贵族知识分子的一种典型。他们受过良好的教育，有高尚的理想，不满黑暗的现实，却又远离社会，缺少改变社会的实际行动，是“思想上的巨人，行动上的矮子”。

觉新的形象充分体现了巴金对人的深刻思考。觉新在封建专制主义的重压下，精神备受折磨，性格怯懦、忍让，是一个充满矛盾和痛苦的病态人物。他的人生悲剧正好反映了封建专制主义对人性的摧残和迫害。在塑造觉新这个人物的过程中，巴金运用了大量的内心独白和心理活动来表现新旧两种思想观念在他心中的激烈交战，觉新的痛苦挣扎令人同情，也令人更加痛恨封建时代专制主义的黑暗。从这个角度看，觉新这个“多余人”的形象是很有意义的。

二、结构特点

巴金擅长以“三部曲”的形式反映广阔的生活画面和历史发展趋势。他把一个个的事件作为主线，串联起了一个宏大的场面，使得整部小说既有宏大的规模，又有清晰的条理。这种结构方式一方面吸收了中国古典小说《红楼梦》的特点，同时也受到法国小说家左拉的影响。

《红楼梦》与左拉的《卢贡—马卡尔家族的命运》都是通过一个家族从兴盛到衰亡的过程，来表现社会历史发展的趋势。“激流三部曲”很成功地利用了“家庭就是社会的缩影”这一理论，通过解剖、分析高家来反映19世纪末到20世纪初整个旧中国的社会动态。高家内部主仆之间、长幼之间、夫妻之间的关系就是当时中国社会各阶层之间尖锐矛盾的体现，而高家最高权力者们所表现出来的专制、腐朽、堕落、荒淫，也代表了几千年的中国封建主义专制制度的阴暗面。

三、抒情风格

巴金小说的语言朴素、流畅，富有情感。童年时代被爱所包围的经历使他对生活中一切美好的事物充满了真诚、浓烈的感情。在作品中，他很擅长用抒情化的语言来描写客观事物、塑造典型人物。比如，对高家过年吃年夜饭、放花炮，以及婚庆、丧葬等习俗的描写中，巴

金往往加入强烈的道德判断，这使得“三部曲”中许多客观事物都染上了作者强烈的感情色彩。

巴金还把这种强烈的情感运用到了人物的塑造上。他刻画人物，不重外形描写，而重在表现人物的心灵美和人性美。尤其是鸣凤、瑞珏、梅表妹等几位女性人物，都具有单纯而无私的心灵，即使自己身处最困难的境地，心里仍然在为别人考虑。巴金像《红楼梦》的作者曹雪芹一样，对自己笔下的女性人物充满了同情、赞美与爱。正是这种独特的抒情风格使得“激流三部曲”具有一种强烈的艺术感染力。

第四节　30 年代的东北作家群

东北作家群是 30 年代中期出现的一个创作群体，成员都是东北人。1931 年“九一八事变”[①]后，东北地区相继被日本占领，大批青年作家流亡到北平、上海、武汉等地，一面思念故乡、仇恨侵略者，一面继续从事文学创作，作品具有鲜明的爱国情绪和浓郁的东北地方特色。这批作家的代表人物有萧红、萧军、端木蕻良、骆宾基、舒群、白朗、罗烽等。其中，萧红、萧军的成就最为显著。

萧红（1911—1942）是位才华出众的女性作家，一生命运坎坷，年纪很轻就因病去世。在萧军的鼓励和影响下，萧红 1933 年 5 月写出了第一部短篇小说《王阿嫂的死》，描写了王阿嫂一家的悲惨遭遇。与左翼文化人的接触开阔了萧红的视野，使她受到爱国进步思想的影响。1934 年，萧红完成了中篇小说《生死场》，得到了鲁迅先生的高度评

① 1931 年 9 月 18 日傍晚，日本关东军炸毁中国东北沈阳的一段铁路，反说是中国军队破坏，并以此为借口，炮轰中国东北军军营，阴谋制造军事冲突，以便日后全面侵华。这次事件历史上称为“九一八事变”。

价，得以与萧军的《八月的乡村》一起作为《奴隶丛书》出版，引起了巨大的反响，萧红也因此而成名。

《生死场》描写的是“九一八事变”前后东北乡村的生活场景，真实地反映了农民们在“生死场”上挣扎的不幸命运，揭露了侵略者统治下的社会黑暗，同时也从侧面表现了东北农民的觉醒，以及革命军的抗日活动。鲁迅为《生死场》所写的序言中这样称赞萧红的作品：“北方人民对于生的坚强，对于死的挣扎却往往已经力透纸背；女性作品的细致的观察和越轨的笔致，又增加了不少明丽和新鲜。”《生死场》确立了萧红在中国现代文学史上的地位。

萧军（1907—1988）也是东北作家群中的重要一员。1933年，他与萧红合著的短篇小说集《跋涉》出版，其中收入萧军《孤雏》《烛心》等六篇小说。1935年，萧军的著名长篇小说《八月的乡村》出版，立刻轰动文坛，从此确立了他在中国现代文学史上的地位。《八月的乡村》描写日本侵略者占领东北三省后，一支东北抗日游击队与侵略军、伪军和汉奸斗争的故事。这支队伍在惨痛的牺牲和失败中找到了自身的弱点，克服了内部的思想矛盾，最终成长为一支成熟的抗敌队伍。小说赞扬了东北人民不甘心当亡国奴、为了生存而斗争的精神，揭示了不抗战就将毁灭的主题。萧军对人物性格的把握十分准确，语言风格质朴刚健，充满强大的男性力量。

思考题

1.“激流三部曲”的主题是什么？巴金作品对这个主题的表现有什么特点？

2. 为什么说主人公觉新是一个“多余人”的形象？

3.“激流三部曲”在结构上具有怎样的特点？

4. 简单介绍东北作家群的代表人物和作品。

第六章 沈从文与《边城》

沈从文（1902年12月28日—1988年5月10日），原名沈岳焕，湖南凤凰人。中国现代著名作家、历史文物研究家、京派小说的代表人物。

第一节 沈从文的人生经历

凤凰地处湖南西部的沅水流域，是湖南、四川、湖北、贵州四省的交界之地，也是土家、苗、侗等少数民族的聚居区。被外国文学批评家金介甫（Jeffrey C. Kinkley）称赞为“中国第一流的现代文学作家，仅次于鲁迅”的沈从文先生在这里度过了他充满传奇色彩的童年。

沈从文

沈从文的父亲、叔叔和伯伯都做过军人。父亲在他童年的大部分时间里都驻守在北京，因此对他很少管教。年少时的沈从文便常常逃课，在家乡附近游山玩水，看尽了家乡的美景和人生百态。

13岁那年，作为“将军后人”的沈从文

征得母亲的同意，进了当地举办的预备兵技术班。两年以后，沈从文以补充兵的名义，跟随不同的部队到湖南沅陵、怀化，以及四川、贵州驻地防卫。除了军队的职务以外，他还当过警察局的文书，管过税务，做过报馆的校对。

在这一段四处漂泊的日子里，沈从文结交了军官、土匪、妓女、船夫等各式各样的人。他经历的各种事件中，虽然有许多是可怕、邪恶的，但也有许多表现了人类精神美好的一面，这些都给他留下了深刻的印象，使他获得了许多经验，增加了对历史和现实的认识，也为日后的小说创作积累了大量的原始材料。

在报馆当校对的时候，沈从文认识了一名印刷工。这个印刷工为他介绍了许多五四以来出版的新旧杂志。在这之前沈从文也读过不少古诗古文，但跟中国的新思想、新文学接触，这还是头一次。这些杂志把沈从文深深吸引住了，于是他决定要去北京读书。

沈从文到北京以后，报考了燕京大学二年制国文班，但没有被录取，他便一边在北京大学旁听，一边练习写作。1924年，他的习作初次在《晨报》上发表。两年之后，他受到英美派学者胡适、徐志摩、陈源等人的关注，作品开始在英美派主办的《晨报副刊》《现代评论》《新月》等刊物上发表。1929年，被中国公学校长胡适聘为教师。1934年，沈从文担任了《大公报》文艺副刊的主编。

据说，不善表达的沈从文在上第一堂课的时候就出了洋相，而在那些看着他出丑的学生中，就有后来成为他妻子的张兆和。

抗战爆发后，沈从文辗转来到西南联大担任教授，1947年到1949年，沈从文回到北京，担任北京大学的教授。这期间，沈从文受到来自左翼文化界的猛烈批判，他也认为自己的思想、生活以及工作方式，都“越来越落后于社会现实”，所以创作逐渐减少。

1950年到1978年，沈从文被安排到中国历史博物馆，担任文物研究员，开始从事古代文物、工艺美术图案及物质文化史的研究。

1978 年，沈从文又被调入中国社会科学院历史研究所担任研究员，开始进行中国古代服饰及其他史学领域的研究。

解放后的近三十年时间里，沈从文基本上中断了文学创作，但对于新领域的研究，他同样投入了大量的精力和热情，并且取得了很大的成果。他先后撰写出版了《中国丝绸图案》《唐宋铜镜》《龙凤艺术》《战国漆器》《中国古代服饰研究》等学术专著，其中，《中国古代服饰研究》一书对中国文化史的研究做出了巨大的贡献。

1980 年，沈从文先生应邀到美国讲学，并在 1988 年被提名为诺贝尔文学奖的候选人。但是，恰恰是在这一年的 5 月 10 日，沈从文因心脏病复发，在北京去世。默默无闻多年的沈从文这时才开始重新出现在公众的视野中。文学界对他的评价经历了一个曲折的过程，之后终于有了突破。北京大学出版社出版的《中国现代文学三十年》（修订本）中，第一次用独立的一章介绍并高度评价了沈从文的作品，确认了沈从文在中国现代文学史上的"文学大师"地位。书中这样写道："沈从文的文学不属于当时中国的城市文化，也不属于革命文学，因此难以被当时的现实理解是自然的。所以他是寂寞的。"

第二节　中篇小说《边城》

从 1926 年出版第一部作品集《鸭子》开始到 40 年代，沈从文共出版了 70 多部作品集，他因此成为中国现代文学史上最多产的作家之一，作品被译成多国文字出版，并被美国、日本、韩国、英国等十多个国家或地区选进大学课本，在国内外享有很高声誉。

沈从文的主要作品包括短篇小说集《蜜柑》《虎雏》《月下小景》《八骏图》等，中篇小说《一个母亲》《边城》，长篇小说《旧梦》《长河》，散文集《记胡也频》《记丁玲》《从文自传》《湘行散记》等。发

沈从文代表作《边城》

表于1934年的中篇小说《边城》是沈从文的代表作，也是他最为突出的表现人性美的作品。

《边城》的故事发生在川湘交界的茶峒，那里有一条小溪，溪岸的白塔旁边住着一户人家，那便是老船夫爷爷和他的孙女翠翠。这一老一小和他们的一只颇通人性的黄狗靠渡船谋生，在小溪边过着悠然、宁静的日子。

茶峒城里有个船老板叫顺顺，是个洒脱慷慨、广交朋友、乐于助人的人。他有两个儿子，老大叫天保，像他一样豪放而不拘小节。老二叫傩送，俊秀超群，不爱说话。小城里的人提起他们父子三人的名字，没有不竖大拇指的。

端午节那天，翠翠去看龙舟赛，偶然遇到相貌英俊的水手傩送，傩送对翠翠一见钟情，翠翠也对他产生了一种朦胧的感觉。巧的是，傩送的哥哥天保也喜欢上了翠翠，还托媒人向翠翠的爷爷提了亲。

就在这个时候，当地的团总①用一座新磨坊②做陪嫁，想把女儿许配给傩送。可是傩送宁愿继承一条破船也要与翠翠成婚。爷爷了解翠翠的心事，但却让她自己做主嫁给自己喜欢的人。不久，傩送、天保兄弟俩互相坦白了自己的心事，都告诉对方自己喜欢翠翠。于是兄弟俩约定采用唱山歌这种公平而浪漫的方式来表达感情，让翠翠自己从中选择。

傩送是唱山歌的好手，天保知道自己唱不过弟弟，便心灰意冷地决定驾船到远方去做生意。爷爷和翠翠在溪边听了一夜傩送的山歌，

① 地方武装的头目。

② 磨面粉等的作坊。也叫磨房。

但是后来歌声却再也没有响起过。爷爷忍不住去城里打听，人们告诉他：天保驾的船在河滩遇险出事，天保被淹死了。

顺顺忘不了大儿子，想到天保是因为翠翠而死，他心中难过，也不愿意让翠翠做傩送的媳妇，于是他对老船夫变得冷淡起来。老船夫操心孙女翠翠的婚事，忍不住去问傩送，傩送却因天保的死而责怪自己，也驾船离开了茶峒。老船夫郁闷地回到家，翠翠问他，他却什么也没说。

这天夜里下起了大雨，还响着吓人的雷声。第二天早上，翠翠起来，发现渡船已经被河水冲走，家旁的白塔也被雨水冲塌，翠翠吓得急忙去找爷爷，却发现爷爷已经死去……

爷爷的老朋友——老军人杨马兵同情翠翠的不幸，于是来到溪边陪伴翠翠，跟她一起继续以渡船谋生，同时等待着傩送的归来。但傩送“这个人也许永不回来了，也许‘明天’回来！”

第三节　《边城》的主题和艺术风格

《边城》主要描写了湘西儿女翠翠与傩送的爱情悲剧，这个悲剧是普通湘西人在“自然”与“人事”面前无法把握命运的悲剧，是一代代湘西人不断重复着的人生悲剧。在这个美丽而凄凉的爱情悲剧里，沈从文既表现了湘西的人情人性美和自然山水美，同时也从内心深处流露出他对民族和个人命运的深深忧虑。

一、“美”与“善”的主题

关于《边城》的主题，用沈从文自己的话来说就是：“我要表现的本是一种‘人生的形式’，一种‘优美、健康、自然’而又不悖乎人性的人生形式。”因此，《边城》寄托着沈从文对“美”与“善”的理想。

首先，《边城》为我们描绘了一幅民风淳朴的风情画，画里既有亲情、爱情、友情的美丽，更有湘西古老的民俗和至善的人性。

天真善良、清纯美丽的少女翠翠从小父母双亡，与爷爷（实际上是外公）相依为命。她依恋并关心爷爷，爷爷也无微不至地照顾着翠翠。翠翠爱上了傩送，却因为羞涩而无法明确地表达，只能把心事都藏在心里。后来爷爷因为担忧翠翠的婚事而死去，翠翠更加孤独了，她只能凄凉地守着爷爷留下的渡船，执著地等待着傩送的归来。翠翠外表柔弱、羞涩，内心坚定、热情，二者融合，既让人怜悯，又让人感动。

爷爷是中国传统美德的化身。他善良、纯朴、热情、好客，日子过得清贫，却对自己摆渡的工作十分认真、负责。他疼爱孙女翠翠，生活上照顾她，感情上尽量了解她，为她的婚事操心、担忧。但他把所有心思都埋藏在心里，不对任何人说。天保的死、傩送的出走、顺顺的冷淡，让他内心充满了无奈和痛苦，他终于受不了这些精神折磨，丢下翠翠，在孤独中死去。

顺顺的两个儿子天保和傩送也是受人喜爱的聪明英俊少年。兄弟二人同时爱上了美丽的翠翠，傩送为了翠翠，宁可要一条破渡船而不要“团总”女儿陪嫁的新磨坊。天保本来跟弟弟商量好要用为翠翠唱情歌的方式来决定两人的“胜负”，却因为自己先提了亲，“占了先”，而坚持让弟弟开口先唱。当知道自己不是弟弟的“对手”后，他又大度地成全了弟弟，独自离开去了外地，最后意外遇难。傩送认为哥哥是因自己而死，他无法自私地享受爱情，最终也孤独地离开。

《边城》里的人物，无论是年长爷爷的那种从不抱怨命运的善良，还是翠翠、天保、傩送那种刚刚经历人世的纯真，都体现了沈从文对美好人性的赞美、对传统美德的呼唤。

湘西的美，不仅表现在人性人情上，还表现在湘西山区独特的风景风俗上。湘西的自然山水是清纯、明净、秀美的，“近水人家多在桃

杏花里，春天只需注意，凡有桃花处必有人家，凡有人家处必可沽酒。夏天则晒晾在日光下耀目的紫花布衣裤，可作为人家所在的旗帜。秋冬来时，房屋在悬崖上的，滨水的，无处不朗然入目。黄泥的墙，乌黑的瓦……”这些描写给人以自然之美的享受。

此外，湘西还具有边远地方的风俗美：中秋夜，青年男女用对歌的方式在月夜下互相表达爱情；端午节，每家人都赶到河边，或者上吊脚楼去看龙舟赛[①]，参加在河中捉鸭子的游戏；正月十五，人们舞龙、舞狮子、放烟火，小小的山城充满了欢快的气氛。

这就是“边城”——一个远离凡俗世界的世外桃源[②]。沈从文希望通过抒写一种健康、自然的人性美与生活方式，来淡化现实的黑暗与痛苦，发掘人们心中隐藏的高尚人性和美好心灵。

二、抒情与浪漫的艺术风格

《边城》的语言古朴、纯净，艺术风格是抒情而浪漫的，其中很多场景的描写都充满了诗意的氛围。比如，翠翠与傩送的爱情故事是现实的，但在叙述故事的同时却处处流露出作者对“美”与“善”的充满诗性的歌颂与赞美。比如，在傩送月夜上山为翠翠唱情歌这一情节中，小说描写翠翠在睡梦中身体随着歌声漂浮起来、“飞窜过悬崖半腰”、去摘象征美好爱情的“虎耳草”、追寻甜蜜幸福爱情的场景，就构成了一个优美动人的浪漫意境。

为了达到浪漫诗意的效果，沈从文在“边城”的世界里有意识地回避了种种对立的因素，比如阶级的对立、经济利益的冲突、人际关系的矛盾等等，而代之以人与人之间的慈爱、孝顺、诚实、善良，使其成为一个自然、和谐、充满爱的美好世界。

---

① 端午节的一项重要活动。起源于古代的祭祀活动，后用以纪念古代诗人屈原。船头、船尾分别像龙头、龙尾，所以叫龙舟。船长一般20—30米，是集体性的河上划船比赛项目。

② 与现实社会隔离、生活安乐的理想境界，也指环境幽静、生活安逸的地方，或脱离现实的美好世界。

创作《边城》时，沈从文声称，要创造“与生活不相黏附的诗”，这里所说的生活，实际上是指湘西的“现在”，是非人性、非人道的现实生活。不相“黏附”，也就代表了沈从文对现实的一种态度。他不满于都市上流社会中人性的扭曲，以及被现代文明所污染的现实社会，期望自由、美好、“田园牧歌”式的社会。这表现了沈从文个人思想中对浪漫主义与古典主义的追求。

三、悲剧色彩与人生隐忧

《边城》的文字看起来轻松、流畅，实际上却暗含着隐隐的伤感与沉重。这正是一个美丽的爱情悲剧所带来的审美效果。少女翠翠从来没有得到过母爱，外表羞涩、内心孤独的她面对爱情不知所措，总是含蓄甚至冷漠地躲避，却在心里默默地等待那个可能永远不会回来的男子。天保溺水身亡，傩送去了远方，为孙女的终身大事心急如焚的爷爷遭顺顺误解、冷淡之后，内心深受伤害，就在那个暴雨雷鸣的夜晚，怀着未了却的心愿离开了人世。翠翠得知自己唯一的亲人离她而去，痛哭了一个晚上。湍急的河水奔流而去，仿佛把一切都带走了。

可是，这一切悲剧却与“恶”无关，因为在这个悲剧里“谁也没有错”，所有的人都是“善”的。然而正是这一点令人感到某种人生的隐忧。旧礼法、旧习俗虽然在古老乡村的自然人性面前没有立足之地，但各种情感在自然地向前发展时，却也并非那么一帆风顺，各种意想不到的偶然与命运的安排，打乱了所有美好的设想，生存与死亡、天意与人为都不在人们的掌控之中，人们对自己的命运充满了无奈的感觉。这也是沈从文对现代文明日益侵袭下的乡土世界的未来所怀有的深深忧虑。他能做到的只是在文学作品里为部分同样有着浪漫主义理想的人们建造一个美好的世外桃源而已。

第四节　沈从文与京派小说

沈从文曾经自我评价说："我人来到城市五六十年，始终还是个乡下人，不习惯城市生活，苦苦怀念我家乡那条沅水和水边的人们，我感情同他们不可分。虽然也写都市生活，写城市各阶层人，但对我自己的作品，我比较喜爱的还是那些描写我家乡水边人的哀乐故事。因此我被称为乡土作家。"

沈从文所说的乡土作家就是20世纪20年代末到30年代初文学中心南移之后，继续留在北京、天津等北方地区进行文学创作的一个自由作家群，也被称为北方作家派或京派。京派作家创作的小说就被称为京派小说。京派小说风格纯朴，以描写底层人民的生活为主，常常将现实主义与浪漫主义的手法融合在一起，主要代表作家有沈从文、废名（冯文炳）、芦焚、老向、汪曾祺、萧乾等。

京派小说作家常常对乡土进行梦幻般的描写，把乡土世界塑造成与现实世界对立的理想环境，努力表现那里的人情美、道德美、自然美和风俗美。比如沈从文的湘西世界、废名的鄂东山野、芦焚的河南果园城、萧乾的京华贫民区等都具有这样的特点，他们总是在作品中流露出对一种优美、健康、自然、纯净的人生形式的向往。当然，这并不意味着京派小说作家们看不到人生的不幸。实际上，他们的作品在赞美乡土世界的同时，也对人类的悲剧命运有着清醒的认识。他们越是赞美人性的美，就越是看清了人性的悲剧，于是他们看待悲剧的眼光也就充满了怜悯和平静。因此，当他们表现美好事物遭受毁灭和不幸时，常常能在叹息、悲伤、怜悯中表达出对人生和生命的更深一层的理解。

与写作小说的态度、情感相对应的是，京派小说作家在文体形式

上也表现出一种诗性和抒情性。他们的作品在写实、叙事中总会融入诗情画意与浪漫情怀，用诗或散文的形式营造出小说的浪漫意境，甚至以景写情、以景寓意，给读者很大的想象空间。因此，京派小说在语言形式上有一种散文化的倾向。

第五节　30 年代的新感觉派小说

1934 年前后，中国文坛曾经爆发了一场“京派”与“海派”之争，争论的焦点是文学态度和文学观念。以沈从文为代表的“京派”作家出于维护文学的独立精神和纯艺术性质，批评“海派”文学的商业化和低级趣味；而“海派”作家则指出，“海派”文学的商业气是现代文明的产物，未来必定会产生更广泛的影响。他们在自我辩护的同时，也对“京派”作家进行了一番讽刺和挖苦。鲁迅先生也曾加入到这场论争中，对“京派”的非政治化和“海派”的商业化都提出了批评。这场论争中的“海派”一方就是指以上海为中心的小说流派——新感觉派。

新感觉派小说 30 年代在上海曾经盛行一时。它的盛行期正好处于以张资平、叶灵凤为代表的第一代海派性爱小说及 40 年代张爱玲的上海市民小说之间，可以说是海派小说承上启下的重要阶段。新感觉派小说的代表作家有刘呐鸥、穆时英、施蛰存以及后来的黑婴、徐霞村等人。他们生活在繁华的现代化大都市上海，目睹着上海的日益繁荣、日益西化，也亲身经历着物欲的诱惑、精神的堕落对人们心灵世界的侵蚀。他们一方面享受、欣赏着发达的商业文化和欧化的生活方式，另一方面又怀着不满的情绪试图暴露现代人不断被物化的灵魂和被生活挤压的变态心理。

刘呐鸥（1905—1940）是最早尝试创作新感觉派小说的作者，他 1928 年 9 月创办了《无轨列车》半月刊，标志着中国新感觉派小说的

开端。刘呐鸥的新感觉派短篇小说集《都市风景线》写尽了赛马场、夜总会、电影院、大饭店、豪华别墅、海滨浴场等现代都市生活的各种场景，暴露了都市男女腐朽堕落的情欲生活和病态关系。

穆时英（1912—1940）的小说集有《公墓》《白金的女体塑像》等，大都描写都市爱情生活，表达爱情与死亡的主题。其中，《上海的狐步舞》揭露了上海是一个“造在地狱上面的天堂”的本质。

施蛰存（1905—2003）于20年代中期开始创作小说，真正体现出新感觉派特征的是小说集《将军的头》《梅雨之夕》等。在这些小说中，施蛰存自觉运用了西方精神分析学说来描写人物的变态心理、二重人格、意识流动等，是很成功的艺术尝试。

新感觉派小说家较为成熟地运用了现代主义的小说技巧，他们强调作家的主观感受，不太注重对现实生活的细致刻画。独白、联想、蒙太奇、心理分析、无标点符号等西方文学的新技巧是他们最常使用的描写手法。借此，他们将现代都市社会五光十色的物质世界与丰富多样的思想观念充分地展现在读者的眼前。

思考题

1. 以沈从文为例说说京派小说的特点。
2. 举例说明《边城》的主题和艺术风格。
3. 简述30年代新感觉派小说的特点。

第七章　曹禺与《雷雨》

曹禺（1910年9月24日—1996年12月13日），原名万家宝，字小石，生于天津，祖籍湖北潜江。中国现代文学史上杰出的戏剧家。

第一节　曹禺的人生经历

曹禺1910年出生于天津一个没落的封建官僚家庭。父亲万德尊曾于清朝末年留学日本，辛亥革命前后担任过政府官员。母亲生下曹禺三天后就患病去世，姨妈便成为曹禺的继母。继母很爱曹禺，把他当亲生孩子对待。继母喜欢看戏，因此曹禺从小就跟着继母看传统戏和现代戏。

曹禺

1915年，5岁的曹禺开始读诗背经，还与小同学一起演戏编戏。1920年，曹禺进入天津“汉英译学馆”学习英语，开始接触莎士比亚等外国作家的作品。

1922年，曹禺进入南开中学学习，并积极参加戏剧活动。1925年，只有15岁的曹禺正式加入南开中学文学会和南开新剧团，参加了易

卜生的《玩偶之家》《国民公敌》等剧的演出，还改编了一些著名的外国剧本。曹禺的戏剧生涯从此开始了。

1928年，曹禺进入南开大学政治系，后转入清华大学西洋文学系，大量阅读和研究古希腊悲剧、莎士比亚戏剧，以及契诃夫、易卜生、奥尼尔的剧作。1931年，“九一八事变”爆发，曹禺担任了清华大学抗日宣传队的队长，积极组织抗日宣传活动。与此同时，他开始构思、创作四幕话剧《雷雨》。

1933年，曹禺大学毕业，受聘到保定育德中学任教。期间，他的《雷雨》剧本经过5年的辛苦构思和创作也终于完成，并投给了《文学季刊》。当时《文学季刊》负责组稿的是巴金，他读过《雷雨》之后，被深深打动，就把剧本推荐给了主编郑振铎。1934年7月，《雷雨》在《文学季刊》第一卷第三期上发表，不久又在日本东京上演，引起了在日中国留学生的强烈反响。郭沫若观看之后立即写下了《关于曹禺的〈雷雨〉》一文，高度赞赏《雷雨》。著名戏剧家兼评论家刘西渭（李健吾）也写文章称赞《雷雨》是“一出动人的戏，一部具有伟大性质的长剧”。曹禺从此一举成名，成为中国戏剧界的一颗新星。

1936年5月，在巴金等人的鼓励下，曹禺创作了又一部重要剧作《日出》，同年6月开始在《文学月刊》上连载。《日出》发表后，天津《大公报》的文艺副刊邀请了茅盾、巴金、叶圣陶、沈从文、萧乾、靳以、李广田、朱光潜等不同文学流派的重要作家，为《日出》举行了两次集体讨论会。这样的盛况在中国戏剧史以及中国现代文学史上都是第一次。

1936年8月，曹禺应邀到国立戏剧专科学校任教，讲授“剧作”“西洋戏剧”“现代戏剧与戏剧批评”等课程。1937年4月到8月，曹禺的第三部重要剧作《原野》在靳以主编的《文丛》上连载。他的戏剧才华和创作力也在这时达到了顶峰。抗日战争爆发后，曹禺随

所在的国立戏剧专科学校转移到四川，期间他创作和改编了《黑字二十八》《蜕变》《家》《桥》等多部剧本，其中最重要的剧作是《北京人》。

1946年，曹禺应美国国务院邀请，赴美讲学，曾两次与德国著名剧作家布莱希特会面。1947年回国后，他应聘担任上海文华影业公司的编导，发表了电影剧本《艳阳天》。1949年初，曹禺接受中国共产党地下组织的安排，从上海经香港抵达北平。同年7月，他参加了第一次全国文学艺术工作者代表大会，被选为主席团成员。1950年，曹禺被任命为中央戏剧学院副院长及北京人民艺术剧院院长。新中国成立后，曹禺创作的剧本主要有1954年的《明朗的天》、1961年的《胆剑篇》和1978年的《王昭君》等。

曹禺在“文化大革命”期间遭受迫害。1973年经周恩来总理亲自过问，被安排在北京话剧团工作。“文革”结束后，北京话剧团恢复了“北京人民艺术剧院”的原名，曹禺再次担任院长。1988年11月，在中国文学艺术界联合会第五次代表大会上，曹禺被选为执行主席。1996年12月13日，曹禺在北京逝世。

第二节　四幕话剧《雷雨》

四幕话剧《雷雨》是曹禺的代表作，也是他的处女作和成名作。这部现实主义的家庭伦理悲剧通过复杂的血缘关系和家庭伦理冲突，表现了人生的悲剧性，探索了人的复杂性。

故事是在一天的时间里和两个场景中展开的：20年代的一个夏日，天气闷热，天空阴沉，一场暴风雨即将来临。

矿业公司的董事长周朴园处理完矿工罢工的事情回到周公馆，女佣四凤正在客厅里准备太太蘩漪喝的中药。四凤的父亲鲁贵是周公

馆的仆人，前一天喝酒赌博欠了债，正缠着女儿四凤要钱，四凤不肯给，他就威胁说要把四凤跟大少爷周萍之间的私情说出去，四凤只好给他钱。鲁贵一高兴，就把三年前蘩漪与周萍在周公馆客厅幽会的事讲给四凤听。这时，太太蘩漪走进客厅，向四凤打听大少爷的消息，还请四凤把母亲叫到周公馆来。四凤感到很紧张。

蘩漪的儿子周冲跑进客厅，他告诉母亲，要把自己学费的一半给四凤，好让她去读书。周萍也来到客厅，说他明天要去矿山，走前想和父亲谈谈。

周萍的身世在这个家里是秘密。三十年前，周朴园还是大少爷的时候，跟家里的女仆梅侍萍相爱，并有了两个儿子。周家老太爷不同意这门亲事，在侍萍刚刚为周朴园生下第二个儿子的时候，就把她赶出了周家。侍萍抱着二儿子走投无路，跳河自杀被救，后来嫁给了鲁贵，生下了四凤。而周家几次搬家，侍萍再也没有见过自己的大儿子周萍。

蘩漪是周朴园的第三个太太，从来没有得到过周朴园的关怀和爱情，婚姻生活很不幸，内心寂寞的她爱上了比自己小7岁的周萍。但是，她发现周萍又跟四凤好上了。蘩漪不甘心就这样失去周萍，于是打算让四凤的母亲鲁妈到周公馆来一趟，把四凤带回去。

周萍约好四凤晚上11点在她房间相会。蘩漪却请求周萍留下来陪她，周萍拒绝了。蘩漪指责周萍当初引诱了她，现在又要抛弃她，她不愿被他们父子两代人欺负。周萍对蘩漪早已没有兴趣了，他希望这是他们之间最后一次谈话。

午后，天气更加阴沉闷热。鲁妈在四凤陪同下来到周公馆，她怎么也没想到，三十年前她伺候了周家的老爷，如今自己的女儿又来伺候周家的少爷。刚刚走进客厅的周朴园听见了鲁妈说话的声音，认出鲁妈就是侍萍，感到十分意外。他以为侍萍早就死了，多年来因为怀念侍萍，家里的一切布置都还是侍萍当年在时的样子。可是当活着的侍萍突然站在面前时，周朴园却厉声责问侍萍来他家的目的。他拿出

五千元支票，想了断这件事。侍萍撕碎了支票，说她只想见见她的萍儿。

鲁妈的二儿子鲁大海是罢工矿工的代表，他闯进了周公馆，要求周朴园答应矿工们的条件。但是周朴园却拿出了复工合同，还说要开除鲁大海。原来周朴园已经花钱收买了另外两个罢工代表。鲁大海极为愤怒，他当众揭露周朴园多年前为了发财，不惜害死两千多名工人的卑劣行为。鲁大海的话让周萍很恼怒，他冲上来打了鲁大海两个耳光。鲁妈看见亲兄弟成了仇人，心中悲痛不已。

傍晚，风雨交加，电闪雷鸣。鲁贵父女被周家辞退，鲁贵喝酒解愁，四凤仍然牵挂着周萍。鲁妈担心女儿走自己的老路，要求四凤发誓不再与周家人来往。

周冲受母亲蘩漪之命给鲁家送来一百元钱。四凤不愿接收，鲁贵却收下了。鲁大海知道了，硬是让鲁贵把钱退还给周冲，还把周冲赶出了家门。半夜，周萍冒雨来到鲁家，从窗户跳进四凤的房间，但跟踪在后的蘩漪却因嫉妒而把窗户关死。回家拿东西的大海发现周萍在跟妹妹四凤相会，他愤怒极了，冲上去跟周萍拼命，在鲁妈的阻拦下，周萍才得以逃走，四凤也跟着冲出了家门。

深夜，蘩漪痛苦地回到家，又受到周朴园的精神折磨。周萍为了逃避一切，准备离家出走，蘩漪苦苦哀求他带上自己一起走，但被周萍拒绝了。

四凤赶到周公馆想再见周萍一面，鲁妈和鲁大海为找四凤也跟来了。鲁妈要带四凤回家，四凤和周萍则请求鲁妈放他们俩走，还说出了四凤已经怀上周萍孩子的事实，鲁妈听了，仿佛晴空霹雳。她不得已只好答应周萍带四凤走，还说今后永远也不要再见到他们。蘩漪带着周冲过来阻止周萍带四凤走，她不顾一切地说出了自己跟周萍之间的关系。周朴园听见动静也来了，见此情景他不得不说出鲁妈是周萍生母的真相，并让周萍下跪认母。四凤无法接受周萍是自己哥哥的事实，她冲向雷雨中的黑夜，却碰到漏电的电线，触电而死。周冲去救她，同样触电而死。绝望的周萍举枪自杀，鲁妈与蘩漪也疯了。

第三节　曹禺的戏剧成就

曹禺发表《雷雨》的时候只有24岁，但他在话剧界引起的反响却是史无前例的。在曹禺之前，话剧多半是宣传思想的工具，艺术上很不成熟。曹禺一方面继承了话剧先行者们反封建的自由民主精神，另一方面则广泛借鉴西方近现代戏剧的成功经验及表现手法，从而创作出了《雷雨》《日出》《原野》《北京人》等有思想深度和艺术高度的戏剧作品。几十年来，曹禺的《雷雨》《日出》等作品久演不衰，成为话剧舞台上的经典剧目，还被译成多国语言在国外上演。这些剧作的成功问世，标志着中国话剧艺术走向成熟。

总结起来，曹禺的戏剧成就表现在以下几个方面：

一、充分展现了人的复杂性，体现了作者对人性的深刻思考

《雷雨》中周朴园的形象最能体现人的复杂性。周朴园是剧中各种不幸与悲剧的根源：侍萍的不幸，来源于他当年对周家人逼使侍萍自杀等所作所为的默认；蘩漪的不幸，则来源于他在婚姻生活中对她的压迫和冷酷。而周萍、四凤等四位青年人的不幸又都跟侍萍、蘩漪的不幸紧密相连。

在家中，周朴园说一不二。他强迫蘩漪喝药，对儿子周萍、周冲十分专制，表现出封建家长的蛮横作风。鲁大海所揭露的他在哈尔滨包修江桥时的残酷发家史，则充分暴露了他作为资本家的冷酷本性。

对于侍萍的“死”，周朴园是内疚和忏悔的。他给大儿子取名叫周萍，为的是纪念侍萍；他把房间的一切布置保留成侍萍在时的模样，甚至连侍萍关窗户的习惯也保留了；他自称一直把侍萍当成周家人看待，表示要为她修一座坟。可是，当活生生的侍萍站在他面前

时，他却立刻厉声逼问“你来干什么？”唯恐侍萍的到来会破坏他的家庭秩序。他甚至拿出支票，想用钱来打发侍萍。这样一来，周朴园的本性就暴露无遗了：他的一切行为都是以维护他的家庭秩序为中心的。

然而，曹禺并没有把周朴园塑造成一个反面人物的典型。周朴园虽然冷酷、专制、自私，但他始终没有脱离作为一个“人”的真实性，比如他年轻时与侍萍的相爱，以及多年来的内疚与痛苦。最后，当侍萍再次出现在客厅时，周朴园怀着忏悔的心情说出了往事的真相，并命令周萍在侍萍面前下跪认母。这使得周朴园的形象变得丰富而复杂。

二、广泛吸收西方戏剧观念，表现了浓厚的悲剧主题

曹禺年轻时受到过西方个人主义、人道主义、基督教思想的影响，他的戏剧观明显地带有古希腊“命运悲剧”、莎士比亚“性格悲剧”、易卜生“社会悲剧”及美国剧作家奥尼尔的“现代悲剧”等西方古典和近现代戏剧影响的痕迹。

在《雷雨》中，周朴园对妻子蘩漪、儿子周萍的专制，对待侍萍的狠心、冷酷，以及他与鲁大海之间的父子冲突等，的确暴露了封建家庭的罪恶，表达了反封建的主题。但剧中更多的是从人物性格、命运的角度来表现人生的不幸和悲剧。比如蘩漪这个有着“雷雨式”性格的人物，就是一个内心世界充满矛盾的悲剧女性。她受过一点新式教育，但又是一个旧式妇女。她外表柔弱、聪慧，内心却充满热情和力量。对于周萍，她敢爱敢恨，从追求爱情到遭到抛弃，她的爱和恨都像火一般热烈，也像火一般具有毁灭一切的力量。对于周朴园，她也从最初的屈从发展到后来的仇恨、反抗。她最后不顾一切的反抗和报复，毁灭了一切，也毁灭了她自己。蘩漪的性格中交织着对爱情、自由、个性解放的热烈追求，以及对周围压迫的力量和环境的激烈反抗。两种极端的情绪造成了她最终的变态和疯狂，也造成了全部的悲剧结局。

如果说蘩漪的悲剧是性格造成的，那么侍萍的悲剧则充满了某

种神秘莫测的力量。30年前周朴园对她的抛弃造成了她一生的不幸，她最大的愿望就是女儿不要重复自己的命运。然而鲁贵却让四凤当了周家的女佣，而且四凤居然也像她当年一样，跟主人家的少爷好上了。而这位少爷居然还是自己的亲生儿子，也是四凤同母异父的哥哥。这样的命运简直让侍萍充满了绝望。当周朴园质问她为什么来到周家时，侍萍回答说："命，不公平的命指使我来的。"侍萍把自己和女儿的不幸归结为命运，这其中也反映了曹禺本人的思想。他在《雷雨·序》中这样写道："在这斗争的背后或有一个主宰来管辖，这主宰，希伯来的先知们赞它为'上帝'，希腊的戏剧称它为'命运'，……我的情感要我表现的，只是对宇宙这一方面的憧憬。"

三、戏剧结构紧凑，情节冲突强烈，具有强大的震撼力

《雷雨》总共四幕戏，却集中表现了一天的时间里周鲁两家发生的故事；故事中出场的八个主要人物之间有着复杂交错的关系，这些关系又跟30年前发生的事情交织在一起；现在发生的所有矛盾冲突都跟30年前的事情有着前因后果的关系。于是，在这部仅仅四幕的戏剧里就浓缩了过去到现在整整30年的恩怨情仇和血缘之谜。而周朴园与蘩漪之间的矛盾主线则牵出了其他八个人物之间大大小小的冲突。最后，当矛盾达到高潮的时候，那些大大小小的冲突便转化为一连串的惨剧：四凤、周冲先后触电而死，周萍开枪自杀，侍萍、蘩漪发疯，鲁大海走向迷茫的未来。这一结局虽然极其悲惨，但与剧中各种矛盾的剧烈爆发有着合理的逻辑关系，因此很有说服力，能够产生如同剧名《雷雨》一般的震撼力量，并在观众心中产生强大的悲剧效果。

《雷雨》成功之后，曹禺不负众望，又推出了优秀剧作《日出》《原野》《北京人》等。在《日出》中，曹禺把戏剧场景从家庭转向了社会，人物也从单纯的家庭成员转向了复杂的社会各阶层，表现了不同阶层的生存状态。在结构上，曹禺舍弃了《雷雨》过于戏剧化的

艺术手法，用四幕的篇幅概括了黎明、黄昏、午夜、凌晨四个时间段的生活情景，象征了琐碎的人生片断。而揭露“损不足以奉有余”[①]的社会黑暗现实则是统一全剧结构的核心思想。在交际花陈白露的四个人生片断中，曹禺将她既向往光明而又无力挣脱堕落生活的心灵历程完整地展现在观众面前，表现了人性的复杂和人生的悲剧性。

在《原野》中，曹禺从外部冲突（仇虎复仇）和内部冲突两方面刻画了农民仇虎的形象。在表现仇虎的内部冲突上，曹禺成功地借鉴了莎士比亚古典悲剧和美国剧作家奥尼尔的表现主义，将仇虎复仇前对焦家的刻骨仇恨与杀死焦大星之后的内疚、痛苦、恐惧，乃至神经错乱、心灵分裂的内在世界表现得十分准确透彻，在更深的层面上分析了人性的悲剧。

曹禺40年代创作的《北京人》在风格上有了明显的转变，紧张、激烈的感情冲突已被平淡、深沉的忧郁美所代替，但人物心灵的复杂与挣扎同样引人注目，反映了曹禺戏剧艺术的发展。

曹禺代表作《日出》

《雷雨》《日出》《原野》《北京人》等剧是曹禺在吸收西方古典及现代戏剧精华的基础上，综合了中国古典戏剧传统和观众欣赏习惯而创作出来的优秀剧作。正是曹禺使得话剧这种西方的艺术形式在中国的土地上生根发芽，成为中国现代文学中的一枝新秀。因此，曹禺对中国现代戏剧发展的贡献是杰出的。

第四节　30年代的中国戏剧创作

以易卜生的写实主义和“为人生”的创作思想为主导的戏剧观是中国20世纪30年代戏剧思想的主流。五四时期就开始活跃的戏剧家欧阳予倩、熊佛西、余上沅等人30年代仍延续着自己的创作；著名剧作家田汉带领的南国社剧团活跃在话剧舞台上；中共党员沈端先（即夏衍）等人于1929年6月5日发起成立了艺术剧社，引导了一股无产阶级革命戏剧的潮流。1930年8月，艺术剧社又联合南国社等剧团，成立了中国左翼剧团联盟。1935年冬天，左翼剧联解散，配合抗日民族统一战线的需要，提出了“国防戏剧”的口号。在无产阶级戏剧与国防戏剧的潮流中，涌现了大批优秀剧目，如《走私》《咸鱼主义》《我们的故乡》《三江好》《最后一计》《放下你的鞭子》等，也产生了许多优秀剧作家，如田汉、洪深、李健吾、夏衍、袁牧之、宋春舫等。

田汉（1898—1968）与洪深、欧阳予倩并称为“中国话剧的三个奠基人”。1934年底，田汉创作了多幕话剧《回春之曲》，塑造了爱国青年高维汉和梅娘的动人形象。高维汉本来在南洋教书，“九一八事变”后，他告别了热恋的华侨学生梅娘，回国投入抗日斗争，并在战场上身负重伤。梅娘也不顾家庭的阻拦，回国参加了救护工作。虽然人物性格的描写比较单一，但作者把青年的纯洁爱情与民族的爱国之情结合起来，构成了激动人心的场面。

洪深（1894—1955）是左翼剧团联盟的成员，曾于30年代初创作了左翼剧作《农村三部曲》，表现破产农民的苦难和他们的反抗斗争。抗日战争爆发后，洪深积极提倡国防戏剧，担任了《走私》《咸

---

① 损害原本贫穷的人，去满足原本富足的人。这种剥削是富人的生存方式。

鱼主义》等剧作的执笔。1938年，洪深与郭沫若、田汉等人组织抗敌演剧队和救亡宣传队，并创作了《飞将军》《包得行》《鸡鸣早看天》等剧目。洪深还是中国早期电影事业的开拓者之一，《歌女红牡丹》是由他编剧的中国第一部有声电影。

夏衍（1900—1995）即沈端先，是中国早期的共产党员、职业革命者，也是中国戏剧史上有着重要影响的剧作家。他于1937年创作了现实题材的三幕剧《上海屋檐下》，展示了上海市民生活的一角。

《上海屋檐下》描写上海的一个弄堂房子里住着好几户平凡的人家，他们都是小人物，有的为生活琐事吵吵闹闹，有的为生活所迫出卖肉体，有的无依无靠、精神失常。其中，小职员林志成因好友匡复参加革命被捕入狱而承担起了养活其妻女的责任，后与匡复之妻产生了感情，终于同居，但两人始终怀着痛苦的自责和强烈的负罪感。通过这一群小人物的灰色人生，夏衍批判了黑暗的现实，表现了人生琐碎、无聊的悲剧性。艺术上，《上海屋檐下》有着精致的结构，五户人家的故事组成五条线索，林志成与匡复夫妻的关系是主线，与其他四条线索并行、交错，相辅相成。夏衍还注重以微妙的动作、细节等含蓄地刻画人物的心理变化和复杂情感。

思考题

1.《雷雨》的主人公周朴园身上有着怎样的复杂人性？

2. 为什么说曹禺的戏剧创作标志着中国现代戏剧的成熟？

3. 谈谈30年代中国戏剧创作的概况。

中国现代文学发展第三阶段
(1937—1949)

概　　述

1937 年，抗日战争爆发，中国文学进入了现代文学史上的第三个阶段。这一阶段从 1937 年 7 月到 1949 年 9 月，经历了抗日战争和解放战争。战争期间，不同政治势力之间的矛盾日益尖锐，使中国的政治局势变得十分复杂，也使得中国的文化发展日益复杂化，中国的文学发展由此呈现出多样化的趋势。

在八年的抗战中，中国的国土被分割成了国民党政府的统治区、共产党领导下的抗日根据地（解放区）①、日本伪政府统治下的沦陷区、作为英法等国租界的上海“孤岛”这四个部分，文学创作也因此形成了国统区文学、根据地（解放区）文学、沦陷区文学、孤岛文学这四个相对独立的发展区域。各个区域的文学理论、文学思潮、文学创作呈现出丰富而复杂的形态，不同文学观念之间的论争也更加广泛而复杂。

1938 年 3 月 27 日，中华全国文艺界抗敌协会在国统区武汉成立，主要成员有郭沫若、茅盾、冯乃超、夏衍、胡风、田汉、丁玲、吴组缃、许地山、老舍、巴金、郑振铎、朱自清、郁达夫、朱光潜等知名作家。“抗敌协会”的作家们来自不同的团体、阶层，世界观、艺术观

① 抗日战争时期，以延安所在地为中心，包括当时陕西、甘肃、宁夏、山西、河南、山东等地区在内，被称为“抗日民主根据地”。抗战胜利以后，根据地改称“解放区”。

也各不相同，但为着一个抗日对敌的共同目标，他们不约而同地把文学的目的、内容、形式跟“鼓舞群众、呼唤团结、描写抗战”这样的时代任务结合在一起。

1938年4月10日，抗日根据地延安也成立了鲁迅艺术学院，集合了大批知识分子和作家，如周扬、何其芳、周立波、陈荒煤、沙汀、刘白羽、贺敬之、丁玲、萧军、艾青等。他们的作品既有为现实和政治服务的一面，也有体现五四人文精神、真实反映现实的一面。

中国现代文学的第三个阶段，是现代小说创作的丰收期，这一时期，小说的数量超过了前两个阶段，作家的数量也相当多。30年代的著名作家如巴金、老舍、茅盾、沈从文等在这个时期都有重要作品问世。30年代开始创作的萧红、萧军、沙汀、艾芜、张天翼等作家的创作风格到了这一时期也已经基本成熟。一批新生作家如路翎、冯至、钱锺书、张爱玲等也以他们的中长篇小说作品在文坛上占据了较高地位。在解放区，较为成熟的作家有丁玲、周立波、赵树理、孙犁等，此外，还出现了一批优秀的新作家，如康濯、马烽、西戎、孔厥、柳青等。他们的小说创作为革命文学的成熟奠定了基础。

诗歌创作在40年代也进入了一个成熟期。现代文学发展的第三个阶段正是中国经历历史大转折的时期，此时，无论是现实主义的诗人，还是浪漫主义的诗人、现代主义的诗人，都无一例外地把个人的命运跟整个民族的命运结合在了一起，共同走向了具有现实主义精神的创作道路。其中，艾青、臧克家、田间、蒲风等诗人的诗歌创作更加成熟；30年代追求现代主义的诗人戴望舒、曹葆华、何其芳、卞之琳等都写出了爱国的诗篇；七月诗派、九叶诗派，延安根据地也都产生了一批新生的诗人创作队伍。

这一阶段还是戏剧创作的高潮期。1937年7月，中国文艺界第一个抗日统一战线组织——中国剧作者协会成立，从此拉开了抗战戏剧的大幕。以城市为中心的各种戏剧表演形式，如街头剧、茶馆剧、朗

诵剧、游行剧等，积极宣传抗战、反映现实，鼓舞了普通百姓的抗敌信心。同年 12 月，中华全国戏剧界抗敌协会在汉口成立，重庆和上海成为两个戏剧活动的中心，不同的剧种、流派为着一个共同的目标，开始了中国戏剧创作的黄金时代。诞生于这一时代的著名话剧和历史剧作品有田汉的《丽人行》，曹禺的《北京人》，夏衍的《法西斯细菌》，郭沫若的《棠棣之花》，阳翰笙的《李秀成之死》，阿英的《碧血花》，陈白尘的《结婚进行曲》，吴祖光的《风雪夜归人》，杨绛的《称心如意》等。

第八章 钱锺书与《围城》

钱锺书（1910年11月21日—1998年12月19日），原名仰先，字哲良，生于江苏无锡。中国现代著名作家、文学研究家。

第一节 钱锺书的人生经历

钱锺书

钱锺书出生在江苏无锡的一个书香门第。一周岁的时候“抓周”[①]抓到了书，因此父母给他取名叫“锺书”。钱锺书的大伯父没有子女，祖父按照封建家族的传统，在钱锺书很小的时候就把他过继给大伯父当儿子。这样，伯父就成了他的养父兼启蒙老师。

钱锺书在伯父和父亲那里受到的是两种不同的教育方法。伯父对他很慈祥，也很溺爱。因为怕锺书受读书之苦而不让他进学堂，整天带着他进茶馆、听说书、到

① 抓周，是一种传统诞生礼仪，在民间流传已久。新生儿周岁时，将笔、墨、纸、算盘、钱币、书籍等物品摆放于婴儿面前，任其抓取，以预测其前途和性情，同时也是第一个生日纪念日的庆祝方式。

处去玩。锺书犯了错，伯父也从来不训斥他。伯父的这些做法养成了钱锺书不愿受约束的自由个性和不同于一般封建家庭子女的性格。他对任何人、任何事都敢于批评，对有兴趣的事则敢于不断地追求，想常人所不敢想。

钱锺书的父亲则很严格，对他的许多性格弱点毫不宽容。比如锺书顽皮、不爱学习，父亲当着伯父的面不敢说什么，却趁着伯父不注意的时候把锺书叫到自己这里来，强迫他学习，有时还会狠狠地惩罚他，这使得锺书的个性又有所收敛。在父亲的督促下，锺书渐渐懂得了许多道理，他开始用功读书。

钱锺书很喜欢看小说，七八岁的时候就能粗粗地阅读家里的藏书。读完家里的古典名著后，看到书摊上有小说，他也会停下脚步去翻看，迟迟不愿离开。他的记忆力很好，书中看来的故事，总能绘声绘色地讲给弟弟听。他对外国文学也特别感兴趣，十一二岁就开始阅读大量外国名著和通俗文学杂志。进教会学校读中学以后，他开始受到正规的外语教育，对外文的兴趣更浓了。19 岁报考清华大学的时候，锺书没有听父亲的意见报中文系，而是报了自己喜爱的英文系。

1933 年，钱锺书从清华大学毕业，在上海光华大学任教。1935 年与杨绛结婚，随后去英国留学，两年后获得文学学士学位。此后，又随夫人杨绛赴法国巴黎大学从事学术研究。1938 年，钱锺书被清华大学破例聘为教授。第二年又去湖南蓝田国立师范学院担任英文系主任，同时开始了《谈艺录》的写作。1941 年，太平洋战争爆发，钱锺书被困上海，在震旦女子文理学校任教，这期间，他完成了《谈艺录》和散文集《写在人生边上》。

抗战结束后，钱锺书担任了上海暨南大学外文系的教授，同时担任南京中央图书馆英文馆刊《书林季刊》的编辑。此后三年，钱锺书的短篇小说《人·兽·鬼》、长篇小说《围城》、诗文评《谈艺录》陆续出版，在学术界引起了很大反响。

1949年，钱锺书回到清华大学任教。50年代初开始担任中国社会科学院古典文学研究所的研究员。这期间，他完成了《宋诗选注》，并参加了《唐诗选》《中国文学史》（唐宋部分）的编写工作。

1966年，“文化大革命”爆发后，钱锺书夫妇受到冲击，于1969年11月被下放到河南的“五七干校”[1]劳动，1972年才回到北京。期间，钱锺书从来没有忘记他作为一名学者的责任，不计较个人名利，不依附任何政治势力，全心全意地做学问、搞研究，并取得了卓越的学术成就。1972年8月，《管锥编》完成，并于1979年出版。1982年，钱锺书被任命为中国社会科学院副院长。此后几年，《谈艺录》（补订本）、《七缀集》也先后出版。

1998年12月19日，钱锺书在北京去世，享年88岁。

第二节　长篇小说《围城》

钱锺书博闻强识，精通几种外语，中西学问都很深厚，在文学创作和学术研究两方面都取得了出色的成就。他一生淡泊名利，唯独喜爱读书，被人们称作“书痴”。这种爱读书的习惯使得钱锺书学问深厚、功底扎实。他以中西文化比较的方法研究文学，成绩卓著。《围城》是他唯一一部长篇小说，也是中国现代文学史上家喻户晓的经典名著，曾经受到大批读书人的狂热追捧。

《围城》创作于抗日战争及解放战争时期，但表现的并不是战争本身，而是那个动荡年代里中上层知识分子的精神面貌。

方鸿渐在欧洲留学四年，换了三所大学，最后从骗子手里买了一

---

① 根据毛泽东1966年5月7日的指示，机关干部、知识分子等应该到农村参加体力劳动，批判资产阶级。随后全国各地陆续办起了劳动农场，称作“五七干校”。1979年陆续停办。

张假的哲学博士学位证书，然后乘船回国。跟他同乘一条船的有他的同学苏文纨和放荡的鲍小姐。苏文纨是女博士，自以为高贵神圣，本来并不把方鸿渐看在眼里。但这次同船回国，她对方鸿渐的看法有了变化，正准备向方鸿渐表达心意，方鸿渐却被鲍小姐引诱了。苏文纨对此又忌妒又愤恨。

钱锺书代表作《围城》

方鸿渐出国留学的钱是已经去世的未婚妻周淑英的父亲负担的，因此回到上海后他就住在周家。方鸿渐出于礼貌去拜访苏文纨，却在苏家遇到了苏文纨的表妹唐晓芙和一心追求苏文纨的赵辛楣。赵辛楣发现苏文纨的心思都在方鸿渐身上，便对他产生了强烈的敌意。可方鸿渐却对唐晓芙一见倾心，常常借拜访苏文纨的机会去看唐晓芙，并且偷偷地跟她谈起了恋爱。苏小姐知道这一切之后恼羞成怒，就把方鸿渐买假文凭以及在船上与鲍小姐鬼混的事告诉了唐晓芙，晓芙一气之下退回了方鸿渐的情书。方鸿渐失去了唐晓芙，内心十分痛苦。而这时周家上下对他的态度也变了，周父还找借口辞退了方鸿渐在他银行里的工作。

方鸿渐丢了工作，闲待在父母家里，很失意。就在这时，他收到了三闾大学的聘书。原来赵辛楣为了让方鸿渐远离苏文纨，曾经偷偷把方鸿渐介绍给三闾大学的校长高松年。三闾大学是一所为了躲避战乱而新建的学校，正需要教师，方鸿渐便接受了这份工作。苏文纨拒绝了赵辛楣的求爱，跟一个诗人结婚了，于是赵辛楣也决定离开上海，去三闾大学任职。

赵辛楣、方鸿渐、中文系主任李梅亭、赵辛楣前同事的女儿孙柔嘉四人一路同行去三闾大学赴任，一路上费了很大的周折，才辛苦地

到达了远离上海的三间大学。方鸿渐因为没有提供学位证书，只被聘为中文系副教授，课时少，薪水也比较低，他觉得很窝囊，但也只能委屈地待下去。

不久，赵辛楣迷上了中文系主任汪处厚的年轻太太，跟她有了不正常的关系。而校长高松年也对汪太太有着非分的想法，因为嫉恨赵辛楣，就向汪处厚告发了赵辛楣与汪太太的关系。赵辛楣在三间大学待不下去了，只好去了重庆。

失去了朋友的方鸿渐跟孙柔嘉慢慢地走近了。他觉得孙柔嘉虽然不漂亮，但也有一份女孩子特有的羞涩、可爱。孙柔嘉早就对方鸿渐有意思，却故意拿别人给她写情书这件事来请教方鸿渐，方鸿渐不自觉地产生了妒意，建议孙小姐把情书全部退回。

不久，方鸿渐陷入了三间大学的帮派斗争中，也不想在那里继续待下去了。他与孙柔嘉一同离开，先到香港，并打算从香港再乘飞机回上海。他们俩在香港举行了婚礼，还遇到了赵辛楣和苏文纨。赵辛楣已经进了国防委员会，正是得意的时候。已是曹夫人的苏文纨故意在赵辛楣面前冷落方鸿渐夫妇。孙柔嘉感觉很委屈，回到旅馆就跟方鸿渐大吵了一顿。

回到上海后，孙柔嘉没有立刻去婆婆家，而是先回了娘家，这让方鸿渐的父母很不满，他们时常说孙柔嘉的坏话，挑拨儿子与媳妇之间的关系。方鸿渐的两个弟媳妇也把读过书的孙柔嘉视为共同的敌人，常常在背后说她坏话，当着她的面也很不客气，所以孙柔嘉很讨厌去方鸿渐的父母家。

方鸿渐结婚前总以为孙柔嘉只是个简单的女孩子，什么事都要请教自己。可结婚后才发现，她不但很有主见、很有心计，而且很顽固、很执拗。可惜，他发现得太晚了，现在他已经身陷“围城”了。夫妻俩开始不断地争吵，为了选择工作而争吵，为了亲戚而争吵，为了朋友而争吵，甚至为了一句话说得不好听而争吵。后来，孙柔嘉想让方

鸿渐去她姑妈的厂里做事，而方鸿渐则想去重庆投靠赵辛楣。两个人又因为这件事大吵一顿，方鸿渐离家出走，一个人在街上瞎逛，最后还是决定回家。可是，当他回到家时，发现孙柔嘉已经走了。只有家里那只老钟在“当—当—当”地敲打着，仿佛在嘲笑方鸿渐的人生。

第三节　《围城》的思想和艺术价值

从1980年重版至今，《围城》一直保持着极高的销量，还被改编为电视剧，而研究它的著作和论文同样不计其数。不论是商业性还是文学影响力，《围城》都创造了中国现代文学史上的奇迹。那么，这部典型的知识分子小说究竟有着怎样的吸引力呢？

一、“围城”的哲理意义

《围城》的书名出自两句欧洲成语。英国人说：“结婚仿佛金漆的鸟笼，笼子外面的鸟想住进去，笼内的鸟想飞出来，所以结而离、离而结，没有了局。”法国人则说：“婚姻好像‘被围困的城堡，城外的人想冲进去，城里的人想逃出来。’”在小说里，“围城”这个说法是苏文纨说出来的，方鸿渐听过之后也并不在意。后来他经历了人生的种种坎坷，就对“人生万事都有这个感想”了。

方鸿渐从乘船回国开始，在与鲍小姐相互引诱的过程中，在与苏文纨、唐晓芙的三角关系中，在与孙柔嘉的婚恋中，在寻找职业的过程中，没有一次不是从追求开始，以幻想破灭结束。方鸿渐的个人经历，隐含了作者对人生哲理的深刻思考。人总是在不断地追求和成功后随之而来的厌倦中来回转换、摇摆，中间夹杂着数不清的希望与失望，痛苦与欢乐，坚持与动摇。

从更深一层看，自鸦片战争[①]之后，中国在西方的武力逼迫下打开了国门，开始了与外部世界的接触，中国的古老文明与西方的现代文明也开始了交流、碰撞、冲突、融合。在西化了的中国文明和中国化了的西方文明的双重夹击下，中国知识分子遭遇了前所未有的精神危机和尴尬处境。比如方鸿渐，他在经历了爱情、婚姻、事业等种种人生失败之后，就感叹自己“在拥挤里的孤独、在热闹里的凄凉”。他在小乡镇里怕受逼迫，在大都市里又怕受冷淡，他的心灵就像上海这座城市一样，是个孤岛，也如同一座围城。因此，“围城”又象征着方鸿渐一类的知识分子的精神困境。

二、《围城》的艺术价值

1. 永恒的人物形象

《围城》中最重要的人物是方鸿渐。钱锺书用机智的幽默和温和的讽刺，生动地刻画了这个人物的个性和道德上的弱点，表现了他的精神困境。

方鸿渐代表了 20 世纪 30、40 年代某一类中国知识分子的典型形象。他虽然留过学，受过西方文化的熏陶，但并没有远大的理想。他脱离于抗日战争的时局之外，也没有跟保守势力和传统思想作斗争的勇气，甚至连自己的生活也无法把握。

在去三闾大学的旅途中，方鸿渐问曾经是他“情敌”的赵辛楣对自己的感想如何？讨厌不讨厌？赵辛楣回答:“你不讨厌，可是全无用处。”如此坦白的评语让方鸿渐闷闷不乐，但却点中了他的要害。他的确是个处处被动、意志薄弱、经不起诱惑而又一无所能的人。他不想结婚，但父亲却给他找好了媳妇；他不想拿什么学位，但为了应付

① 1840 年 6 月到 1842 年 8 月，英国向中国强行倾销鸦片，并以中国禁止英商贩卖鸦片为借口对中国发动了一场侵略战争。此后，中国开始从独立的封建国家逐步变成半殖民地半封建的国家。

父亲和岳父，他竟然花钱买了一张假文凭；回国的船上，他明明知道鲍小姐生活放荡，却经受不住诱惑，跟她鬼混；他不喜欢苏文纨，可还是隔三差五地去她家里报到；他并没有打算进入孙柔嘉的生活，却又糊里糊涂地跟她结了婚；他对三闾大学的帮派斗争很不满，却仍然被人拉进其中，并受排挤。方鸿渐一直渴望摆脱围城，却又不断地从一个围城，进入另一个围城。生活好像处处与他作对，让他成为一个一事无成的失败者。

当然，方鸿渐还算得上是《围城》中众多人物里不多见的好人。他有自知之明，有做人的尊严，不愿意同流合污，不愿意参加到帮派斗争中。他虽然买了假文凭，但只是拿来骗骗父亲和岳父，在给三闾大学的简历中，他并没有填写学位。他心肠很软，虽然不爱苏文纨，但始终不敢坦白告诉她，害怕苏文纨知道真相。他和孙柔嘉的婚姻并不幸福，却也始终走不出去，总是以妥协结束每一次争吵。他的软弱、无能、处处被动的性格，在一个动荡的时代里注定要接受可悲的失败命运。

2. 自成一格的讽刺手法

《围城》全篇都运用了讽刺手法，风俗、人情、语言、行为等无一不在作者的讽刺之列，而这些讽刺的独特之处得于钱锺书的机智和学问。他的讽刺手法不同于一般暴露式的讽刺，他就像个冷眼的旁观者，只是把人物的心理、言行等细节刻画出来，让人物自己表现自己的可怜、可悲与可恨。比如留学英国的哲学家褚慎明自称最恨女人，眼睛近视却不肯配眼镜是因为不想看清楚女人的脸。但是一跟漂亮的苏文纨谈话，就激动得把夹鼻眼镜掉进了牛奶杯子里。后来一起吃饭的方鸿渐醉酒呕吐，褚慎明一面捂着鼻子表示厌恶，一面又暗暗高兴，觉得自己把眼镜掉进牛奶里的狼狈样子已经被方鸿渐的呕吐形象冲淡了。褚慎明的装腔作势、道貌岸然和死要面子，在钱锺书的讽刺之下无处藏身。

《围城》中的其他人物也几乎都成了钱锺书讽刺的对象：苏文纨孤芳自赏、冷若冰霜，却又费尽心思地追求方鸿渐；高松年说谎成性，对自己属下的妻子不怀好意，没有达到目的便反告赵辛楣的恶状；李梅亭表面上是个学者，其实却是个庸俗贪财的学术骗子；女生指导员范小姐用文理不通的英文冒充作者赠书给自己；陆子潇拿国防部、外交部的信封去吓唬人；报馆女编辑沈太太把自己打扮得妖里妖气，写文章同样的内容搬来搬去，几十篇如同一篇……这些形形色色的人物在钱锺书随手拈来的讽刺语言下，所有的虚伪、庸俗、软弱、浅薄、欺骗、卑鄙等病态心理都充分地暴露在读者眼前。

3. 幽默俏皮的语言风格

钱锺书一生埋头学问，性格却是难得的幽默、机智，这也表现在《围城》的语言中。小说中的很多描写都显示出钱锺书敏捷的思维、活泼的联想、智慧的幽默和广博的知识，独到之处常常令人赞叹叫绝。比如他调侃方鸿渐买假文凭时，引用了《圣经》的故事："这一张文凭，仿佛有亚当夏娃下身那片树叶的功用，可以遮羞包丑"；而方鸿渐自我解嘲时，又把中西方古代圣贤孔子和柏拉图拿来做陪衬，刻画出方鸿渐的自欺欺人；鲍小姐生性放荡，在国外学医，作者调侃她学到了怎样避孕。还说她是"熟食铺子"，因为她喜欢穿暴露的衣服。又说她是真理，因为人们都说"真理是赤裸裸的"，但鲍小姐并没有一点都不穿，所以是"局部真理"。

即便是平常事物，到了钱锺书的笔下也都变得滑稽有趣。例如写轮船到岸，方鸿渐与鲍小姐去吃西餐，结果"上来的汤是凉的，冰淇淋倒是热的；鱼像海军陆战队，已登陆好几天，肉像潜水艇士兵，会长期伏在水里；除醋以外，面包、牛油、红酒无一不酸"，令人忍不住发笑。哪怕是一辆没有生命的破旧汽车，钱锺书也要随手抓出几句话调侃一下："开动之际，先前头咳嗽，后面泄气，于是掀身一跳，跳得

乘客东倒西撞，齐声叫唤。”

这些描写充满了知识性和趣味性，是一种学者式的幽默，是一种突破常人的思维模式而创造出来的智慧语言，它们的风格是独一无二、只属于钱锺书的。这也正是具有典型中国风格的《围城》同时能为中国人和外国人所喜爱的原因。

第四节　40 年代解放区的小说创作

40 年代是中国现代小说创作的繁荣时期，无论是国统区、沦陷区，还是解放区，都涌现了大量新老作家，创作的中长篇小说数量也大大超过了前两个阶段。在解放区（抗日根据地），随着大批国统区作家的到来，民主、自由的思想也在革命题材的小说中有所流露。丁玲的《我在霞村的时候》、蒋弼的《我要做公民》、孔厥的《苦人儿》、马加的《距离》、柳青的《在故乡》等都从不同角度暴露了根据地的封建观念和革命群众的落后思想。1942 年延安文艺整风之后，作家的个性意识和批判意识消退了，代之而起的是为革命、为工农兵服务的创作方向。这一阶段取得突出成就的是赵树理、孙犁、丁玲、周立波等作家。

赵树理（1906—1970）是山西人，出生在农民家庭。他了解农民，也了解农民的艺术，因此写出了许多符合农民喜好的小说。1943 年 5 月，赵树理的短篇小说《小二黑结婚》一问世，立刻受到广泛好评。小说讲述了青年农民小二黑与小芹争取婚姻自由的故事，表现了农村中进步力量与落后、反动势力之间的斗争，反映了两代农民不同的价值观。此后，赵树理又连续写出了《李有才板话》《孟祥英翻身》《李家庄的变迁》《催粮差》《田寡妇看瓜》等佳作。这些作品具有浓厚的乡土气息、生动活泼的人物语言，深受普通读者的喜爱。

赵树理开创了社会主义现实主义的创作道路，把质朴、粗陋的农村风俗人情加工成了小说题材，既表现了生动的农村生活和鲜明的民族文化特色，又展示了农民们在获得解放的过程中精神面貌的变化。赵树理还对中国传统的章回体和评书体小说形式进行了改造，创造了一种符合农民欣赏习惯的新评书体形式，语言上也注重吸收北方农民的口语，从而形成了自己的个人风格。在赵树理的影响下，马烽、西戎、束为、孙谦、胡正等一批青年小说家形成了一个创作群体，在现代文学史上被称为“山药蛋派”。

赵树理代表作《小二黑结婚》

孙犁（1913—2002）是河北人，1939 年参加抗日活动，1944 年在延安发表《荷花淀》《芦花荡》等短篇小说，后结集为《白洋淀纪事》出版。

孙犁的小说主要描写抗日战争及解放战争时期冀中地区人民的斗争生活，表现了河北农村土地改革、劳动生产、互助合作等生活场景。但孙犁的小说并不注重故事性，而是选取生活斗争的某一个片断作为描写对象，同时抒发自己的主观情感。他还注重刻画战争中的人性美，

尤其是女性在战争中表现出来的健康、乐观、宽容、忍耐等平凡而又高尚的精神品格。《荷花淀》中的水生嫂是典型的农村贤妻良母形象，丈夫在前线打仗，她一个人承担起了侍候老人、抚养孩子的生活重担。她牵挂丈夫，不顾危险去前线看望他，显得冲动而不成熟。而一旦遇到敌人，她又表现出了女性的坚强和勇敢。

孙犁用散文式的语言描写根据地的斗争生活，用充满诗意的情感赞美故乡的人民和优美如画的风景，因而其作品被称为“诗体小说”。他的清新优美、含蓄自然的小说风格，受到了刘绍棠、丛维熙等一批作家的追随，在五六十年代形成了现代文学史上所称的“荷花淀派”。

丁玲的《太阳照在桑干河上》和周立波的《暴风骤雨》都是反映40年代解放区农民进行土地改革的力作。《太阳照在桑干河上》的成功之处在于，丁玲运用了现实主义的创作手法，真实地描写了农村阶级关系、人物心理的复杂性，再现了生活的本来面貌。《暴风骤雨》则深刻地反映了土地改革不仅改变了农村的社会面貌，而且改变了农民的精神面貌这一美好现实。

思考题

1. 谈谈《围城》书名的寓意，说说你对“围城”二字的理解。
2. 谈谈你对方鸿渐这个人物的看法。
3.《围城》在艺术表现方面具有哪些特点？
4. 以赵树理、孙犁为代表，简述解放区小说的创作情况。

第九章　张爱玲与《传奇》

张爱玲（1920年9月30日—1995年9月8日），原名张煐，祖籍河北丰润，生于上海。20世纪中国文学史上最具传奇色彩的女作家。

第一节　张爱玲的人生经历

张爱玲最著名的中短篇小说集名为《传奇》，而她个人的经历本身也是一部精彩动人的传奇小说。

张爱玲

张爱玲出身名门，祖父张佩纶是清末大臣，祖母是清末著名大臣李鸿章的女儿。她父亲是旧式封建大家族的子弟，母亲则是时髦的新式女性，这使得年幼时的张爱玲同时受到两种文化的熏陶。擅长古代诗文的父亲给了她古典文学的启蒙，让她从小就背唐诗，因而打下了很好的古文基础；向往西方生活的母亲则把西洋化的生活情趣和艺术品位遗传给了她。在度过了一段短暂、幸福的童年生活之后，张爱玲的父亲娶了姨太太，母亲便离开家去欧洲留学了。

张爱玲6岁进私塾，开始学习古文诗书。不久，母亲留洋回国，她又跟着母亲学画画儿、钢琴和英文，培养了对色彩、音乐、文字的敏锐感觉。1929年，9岁的张爱玲正式进入小学读书。母亲在为她报名的时候，觉得“张煐”这个名字叫不响，便给她改成“张爱玲”这个名字。

1931年秋，母亲把11岁的张爱玲送入上海圣玛利亚女子中学。不久，父亲与母亲协议离婚，并娶了后妻，母亲则再次出国。由于父亲和继母都抽鸦片，家里总是弥漫着烟雾，张爱玲便住在学校，很少回家。有家不能回的张爱玲把全部的感情和精力都用在了学习和写作上。

1937年夏天，张爱玲中学毕业，母亲再次回国，向张爱玲父亲提出送女儿去英国留学的要求，遭到拒绝。继母借这个机会跟张爱玲发生冲突，父亲更是残酷地囚禁女儿在家，不许她与外界联系。张爱玲生了一场大病，在床上躺了很久，没有人管，差一点死去。

1938年，张爱玲考取了英国的伦敦大学，却因为战争的原因不能成行，于是在1939年的秋天改入香港大学文学系。在港大读书期间，张爱玲在《西风》月刊上发表了她的第一篇散文《天才梦》，描写了她在读书、艺术方面的天赋，以及实际生活技能的不足。文中这样写道：“我是一个古怪的女孩，从小被目为天才，除了发展我的天才外别无生存的目标。……九岁时，我踌躇着不知道应当选择音乐或美术作我终身的事业。看了一张描写穷困的画家的影片后，我哭了一场，决定做一个钢琴家，在富丽堂皇的音乐厅里演奏。”

1942年，太平洋战争爆发，日本军队进攻香港，香港大学被迫停办，没有毕业的张爱玲只好乘船返回上海。此后，她就靠为各种杂志、刊物写文章、小说养活自己，正式开始了职业作家的生涯。

1943年，张爱玲在周瘦鹃主编的《紫罗兰》上发表了她的成名作——短篇小说《沉香屑·第一炉香》，立刻产生了巨大反响，这一年她只有23岁。此后的两年时间里，张爱玲进入了创作的高峰期，在

《紫罗兰》《万象》等刊物上陆续发表了小说《沉香屑·第二炉香》《茉莉香片》《封锁》《倾城之恋》《金锁记》《红玫瑰与白玫瑰》等，以及散文《到底是上海人》《谈女人》《论写作》《自己的文章》《谈画》《谈音乐》等。这些小说和散文的发表受到读者的热烈欢迎，同时引起了当时许多文学评论家的注意。著名翻译家傅雷先生以“迅雨”为笔名发表了当时最重要的评论文章《论张爱玲的小说》，既肯定了张爱玲小说的高超技巧，也提出了一些诚恳的批评意见。

1944年，张爱玲结识了她人生中最重要的一个人物——胡兰成。胡兰成当时在汪精卫的伪政府任职，是个汉奸。他在南京养病时读到了张爱玲的小说《封锁》和其他文章，立刻对她产生了强烈的兴趣，于是登门拜访。两人一见如故，从此开始恋爱。同年8月，张爱玲不顾胡兰成受人非议的汉奸身份，与他结婚。1945年8月，抗战胜利，胡兰成化名逃到了浙江，并在那里有了别的女人。张爱玲和他之间的婚姻关系已经名存实亡。1946年6月，张爱玲写信给胡兰成，提出结束两人的关系。这场曾经让世人惊叹的传奇爱情只维持了两年就结束了。

随着婚姻的结束，张爱玲的创作也走向了低谷。1947年，她创作了电影剧本《太太万岁》和《不了情》，1948年在上海《亦报》上连载小说《十八春》(后改名为《半生缘》)。1949年上海解放后，她以“梁京”为笔名继续在《亦报》上发表小说，但这时的张爱玲再也没有往日的风光了。

1952年7月，张爱玲离开上海去了香港，在一家美国新闻处工作。这期间，她写了长篇小说《秧歌》和《赤地之恋》，以较为明显的政治偏见表现解放初期的中国社会生活。1955年秋，张爱玲又离开香港，远赴美国定居，并与美国剧作家赖雅（Ferdinand Reyher）结婚，这是她的第二次婚姻。

张爱玲在美国的文学活动主要以改写旧作、翻译及学术研究为主。1957年，台湾《文学杂志》发表了她的小说《五四遗事》。1966年，

她又把中篇旧作《金锁记》改写成长篇小说《怨女》，在香港《星岛晚报》上连载。1969 年，旧作《十八春》改名为《半生缘》，在台湾出版。1977 年，20 万字的《红楼梦》学术研究著作《红楼梦魇》出版。1981 年，张爱玲又出版了《〈海上花列传〉评注》，1983 年还将这本用吴方言写成的《海上花列传》先后翻译成国语、英语出版。1994 年，她出版了自传《对照记》。

张爱玲的晚年生活与世隔绝，她长期把自己关在家里，不见任何人。1995 年 9 月 8 日，张爱玲被邻居发现孤独地死在洛杉矶自己的公寓里，享年 75 岁。

第二节　中短篇小说集《传奇》

《传奇》是张爱玲最有代表性的小说集，最早于 1944 年 9 月由上海杂志社出版，共收入《金锁记》《倾城之恋》等 10 篇小说。1947 年，《传奇》增订本由上海山河图书公司出版，增收了《鸿鸾禧》《红玫瑰与白玫瑰》等 10 篇小说。

《传奇》中的小说大多数取材于上海、香港的上层社会，社会内容不太宽广，但却开拓了中国文学的新领域。归结起来，《传奇》中的小说在内容描写上具有如下特点：

一、悲剧的主色调

《传奇》中的故事几乎都以悲剧作为主色调，这与张爱玲那个封建式和西洋式交织的家庭身世密不可分。不幸的家庭环境和文化氛围使张爱玲过早成熟，并形成了她冷眼看世界与人生的独特视角。对人生的悲剧感，移植到小说创作中，就形成了一个个悲剧性人物和一个个悲凉的传奇故事。

张爱玲代表作《传奇》

《沉香屑·第一炉香》的葛薇龙本是纯洁的女学生，在金钱的诱惑下，堕落为姑妈网罗男人的诱饵；《沉香屑·第二炉香》的主人公罗杰·安白登的人生看似安稳、完美，却娶了一个把正常的夫妻生活看成禽兽行为的妻子，最终绝望自杀；《心经》里的小寒爱上了自己的父亲，而父亲却抛弃妻女，与小寒的同学绫卿同居，令小寒痛不欲生；《茉莉香片》的聂传庆嫉妒女同学丹朱的幸福，残忍而变态地辱骂和殴打丹朱，直到丹朱倒下……

《金锁记》的悲剧色彩更浓厚：七巧被贪财的哥哥嫁给了姜家残废的二少爷，得不到正常的情爱，只能长年累月地压抑自己。姜家三少爷季泽是七巧爱恋的对象，但是这份感情不可能实现，于是七巧疯狂地追求金钱来填补内心的空虚。她熬过了十几年寂寞难忍的日子，终于分到了一大笔家产。分家之后，季泽来看她，说了些带有感情的话。七巧感动了片刻，很快又清醒了，她知道季泽想从她身上得到什么，她可不想为了一个曾经喜欢过的男人而失去用半生辛苦换来的财产。七巧痛骂季泽，把他赶走，过后却又无比痛苦、悔恨。从此，七巧彻底消灭了心中残留的那点对感情的渴望，变成了一个疯狂、残酷的老太婆。她让儿女学抽鸦片，破坏儿子的婚姻，赶走女儿喜欢的童先生，用一个黄金做的枷锁，毁灭了自己的人性，也葬送了儿子、女儿的幸福。

二、男女情爱的主题

战乱年代，人们什么都把握不住，最现实、最能抓住的东西只剩下“饮食男女”这两样。这是张爱玲在散文《烬馀录》中描述的自己对战争的体验。这种人生体验使得她更愿意描写男女之情，因为男

女之情代表着人类最大的欲望，最能表现深刻的人性、揭示真正的人生意义。不过，张爱玲描写男女关系，从来不会上升到浪漫、理想的境界，她想要表现的是恋爱中的人们最普通、最凡俗的一面。《沉香屑·第二炉香》《心经》《封锁》《年青的时候》《倾城之恋》《金锁记》《红玫瑰与白玫瑰》等都是以普通男女的恋爱、婚姻为主题的作品。

《红玫瑰和白玫瑰》的男主人公佟振保，工作尽责，事业成功，热心待友，孝顺母亲，是一个理想的好男人。他结婚前喜欢过两个女人，后来又跟朋友的妻子王娇蕊好上了，可是娇蕊提出来要跟丈夫离婚，却把振保吓坏了。他一向自认为自己是个标准的好人，是个一流的纺织工程师，是个好儿子，如今要抢朋友的妻子，这样的事在他母亲那里就过不了关。听说娇蕊的丈夫马上就要回来了，振保害怕极了，他怕这场恋爱会毁了自己的前程，他不能“堕落”，他要做一个“好人”。于是，他甩掉了娇蕊，把真正的自己隐藏了起来，匆匆忙忙跟母亲选定的纯洁女子烟鹂结了婚。可是婚后，烟鹂成了振保眼中一个“很乏味的妇人”，让他觉得生活毫无趣味。他开始喝酒，公开地在外面玩女人，回到家来还砸东西、打妻子，发泄内心的苦闷。但是天一亮，他又做回了一个“好人”。

三、人性的弱点

张爱玲可以算是一位专写市民人生的作家。她关注市民的日常生活，关注日常生活中表现出来的普通人性，他们算计钱财，自私、冷漠、虚伪，还相互欺骗、说谎，但他们的所作所为无非是为了生存，无非是在物欲、情欲的压迫下，不由自主地表现出了人性的种种弱点。

《沉香屑·第一炉香》的主人公葛薇龙本是个有着上进心的少女，投奔姑妈后，她也曾想“行得正，立得正”，不受姑妈的控制。然而最终却被姑妈梁太太拉下水，从一个单纯、自信、一心想保持自己人格完整的少女，变成了替姑妈勾引有钱男人的诱饵。她的堕落自然有

生存的压迫、姑妈的诱惑等外部因素，但她自己对虚荣、享乐的迷恋，才是根本的原因。

《倾城之恋》的女主人公白流苏离了婚，在娘家处处受排挤，便来到香港，盘算着如何把自己嫁出去，求得生活上的保障。范柳原因为有钱而自以为是，怀有对女性的种种顾忌和猜疑。于是，白流苏跟范柳原互相挑逗、彼此揣测，开始了真真假假、躲躲闪闪的两性游戏。他们嘴里说的是甜言蜜语，心里却在算计、估量，谁也没有认真。若不是战争的爆发，这对自私的男女也许永远看不到对方的真心。当然，这点真心也只够他们领一张结婚证书。回到上海后，他们的生活依旧陷入庸常，范柳原"把他的俏皮话省下来说给旁的女人听。那是值得庆幸的好现象，表示他完全把她当做自家人看待——名正言顺的妻"。

第三节　张爱玲的小说技巧

张爱玲从中学到大学接受的是西式教育，但又从小喜爱中国古典文学，对《红楼梦》《金瓶梅》等经典小说有着很深的研究，这就形成了她独特的文化素养和创作特点。她的小说既有传统小说的叙事特点和语言表达，又有现代小说中象征、意象、心理描写等技巧的运用。

一、精致的开头与结尾

张爱玲的小说开头和结尾总是很吸引人，这与她的古典文学和现代西方文学的修养是分不开的。比如以下两个开头都很有中国古典小说的说书意味：

《茉莉香片》的开头："我给您沏的这一壶茉莉香片，也许是太苦了一点。我将要说给您听的一段香港传奇，恐怕也是一样的苦……您先倒上一杯茶——当心烫！您尖着嘴轻轻吹着它。在茶烟缭绕中，您

可以看见香港的公共汽车顺着柏油山道徐徐的驰下山来。”

《沉香屑·第一炉香》的开头：“请您寻出家传的霉绿斑斓的铜香炉，点上一炉沉香屑，听我说一支战前香港的故事。您这一炉沉香屑点完了，我的故事也该完了。”

而张爱玲小说的结尾则有一个共同点，那就是几乎没有一个圆满的结束，也没有一个固定的结论，往往为读者留出一个想象的空间，这与中国古典小说又是不一致的。比如《茉莉香片》的结尾：“丹朱没有死。隔两天开学了，他还得在学校里见到她。他跑不了。”

有时候，小说的结尾只有简单的一句话，而这一句话往往是很经典的短句，揭示着某种人生的本质。如《红玫瑰与白玫瑰》的结尾：“第二天起床，振保改过自新，又变了个好人。”做好人的同时，也就失去了做真正的自己的机会，也就葬送了自己真正的幸福。短短一句话，意味深长。

二、意象和象征的运用

张爱玲的小说里有很多丰富的意象，这些意象有的来自人类的物质世界，有的来自自然界。物质世界的房屋、家具、服装等构成了完备而华丽的时代画面，而月亮、雨雾、花草树木等则常常隐含丰富的象征意义。

“电车”是张爱玲小说中反复出现的一个意象。在《封锁》里，电车突然停下，没有在轨道上正常行驶，里面的人随即脱离了正常的人生轨道，显示出非常状态下的隐秘欲望。银行会计师吕宗桢鼓起勇气跟身边的女人吴翠远搭话，觉得这是个可爱的女人，甚至觉得自己跟她有了恋爱的感觉。可是封锁一解除，电车重新踏上轨道，此时的吕宗桢也恢复了常态。等他回到家，连翠远的形象都开始模糊了。电车在这里象征着真正的人性世界，在时空相对停滞的瞬间，人性、欲望就在这里得到了自由的释放。

“月亮”也是张爱玲小说中出现很多次的意象。月亮不仅出现的时

间、地点和人物心理之间的关系有鲜明的对应，而且月亮的每一次升起，都带着不同的感情色彩，具有不同的象征意蕴。

《金锁记》有多处写到月亮。小说开头描写“三十年前的上海，一个有月亮的晚上……年轻的人想着三十年前的月亮该是铜钱大的一个红黄的湿晕，像朵云轩信笺上落了一滴泪珠，陈旧而迷糊。老年人回忆中的三十年前的月亮是欢愉的，比眼前的月亮大，圆，白；然而隔着三十年的辛苦路往回看，再好的月色也不免带点凄凉”。月亮本是圆白而美、充满了浪漫情调的，而张爱玲却用铜钱、泪珠、凄凉这样的词语来形容它，实际上正是象征了七巧一生的命运将与铜钱、泪珠和凄凉联系在一起，同时也暗示了人生难得圆满这层意义。

成功地运用意象和象征的例子在张爱玲的小说中数不胜数，这些意象增强了故事的画面感，准确地传达出了人物的心理，使得原本没有生命的景和物获得了独特的象征意义，使小说的主题更加深刻、含蓄，令人难忘。

三、精确的心理描写

受西方小说的影响，张爱玲在心理描写方面也有独到的技巧。比如《心经》中许小寒的恋父情结，《茉莉香片》中聂传庆试图寻找自己真正的父亲等，都是许多西方小说家描写过的题材，可以看出弗洛伊德心理分析学说[①]对她的影响。

张爱玲描写人物心理，很少采用大段独白式的分析，而是利用暗示，把人物的言行和心理结合在一起。比如《红玫瑰与白玫瑰》中，佟振保爱上有夫之妇王娇蕊，后又狠心将她抛弃，娇蕊离婚后改嫁他人。多年后，他们在电车上相遇。娇蕊不气恼、不激动，平静地和振保对话。振保是抛弃娇蕊的人，此时却反而忌妒娇蕊能够平静地接受

① 弗洛伊德是奥地利著名心理学家。1900年著的《梦的解析》是他最有创造性的论著之一。他提出了精神分析学说，用来解释人类的一些心理、精神现象，在学术界引起很大争议。

生活，并一直往前走。而他自己只会瞻前顾后，为了做个好人而离真正的自我越来越远。这时，小说中写道："振保想把他的完满幸福的生活归纳在两句简单的话里，正在斟酌字句，抬起头，在公共汽车司机人座右突出的小镜子里看见他自己的脸，很平静，但是因为车身的嗒嗒摇动，镜子里的脸也跟着颤抖不定，非常奇异的一种心平气和的颤抖，像有人在他脸上轻轻推拿似的。忽然，他的脸真的抖了起来，在镜子里，他看见他的眼泪滔滔流下来，为什么，他也不知道。""在这一类的会晤里，如果必须有人哭，那应当是她。"然而哭的人是佟振保。他自认为当初是为了别人的需要而抛弃了娇蕊，如今他生活得不幸福，自然有权利对从前的自我牺牲感到委屈、自怜。这段心理描写把佟振保的这种情绪和心理刻画得十分精确。

第四节　40 年代的都市小说

40 年代上海文坛与张爱玲齐名的都市女作家还有苏青。苏青（1914—1982），40 年代初因为婚姻变故而成为职业作家，在《宇宙风》《古今》等刊物上发表了大量作品。1943 年，她的长篇自传体小说《结婚十年》发表，用纪实的手法描写现代女性从家庭妇女成为职业女性的过程。由于苏青坦白率直地写出了都市女性的希望、幻想、失落和对性既渴望又矛盾的痛苦心理，从而引来了好坏参半的热评，被视为大胆的女作家。

在北方沦陷区，梅娘（1920—2013）与张爱玲一样，是一位年纪轻轻就已经出名的女作家，曾与张爱玲同获"南玲北梅"的赞誉。1942 年以后，梅娘在北平的各种杂志上发表小说、散文，后结集为《鱼》《蟹》出版。梅娘的小说大多讲述大家庭中的女性追求独立、自由的故事，通过不完美的爱情故事，表现女人的不幸和人世的不公，

显示了强烈的女性意识。

“现代罗曼司”是继30年代新感觉派小说而起的都市传奇小说流派，以徐訏和无名氏为代表。徐訏（1908—1980）从30年代开始文学创作，1936年出版了中篇小说《鬼恋》，确立了浪漫传奇的都市小说风格。1943年，长篇小说《风萧萧》在重庆《扫荡报》副刊连载，讲述抗战时期主人公在上海“孤岛”巧遇美国情报人员史蒂芬，并通过他认识了三位性格不同的美丽女子，从此开始了一段感情纠葛与间谍生活的浪漫经历。《风萧萧》连载后，几乎达到人手一报的地步。因此有人称1943年为“徐訏年”。

无名氏（1917—2002）原名卜乃夫，代表作有长篇小说《北极风情画》《塔里的女人》《野兽、野兽、野兽》。《北极风情画》描写的是男女主人公在迷人的大自然里陶醉于爱情之中，却又在残酷的现实中意识到他们无法抗拒的分离命运。小说充满异域风情，具有一种传统爱情小说中所缺乏的热烈、刚强的情绪。

“现代罗曼司”小说以时髦、洋气、新奇、趣味为目标，传奇性的情节、动人的爱情故事、曲折的人生经历和浪漫的异国情调自然成为吸引读者的主要因素。不过，徐訏和无名氏的小说的长处正在于，他们为大众提供了轻松的文学读物，并且在满足读者追求新奇的同时，也付出了一定的追求理想人性的努力，从而证明通俗文学并不缺乏有价值的形式和内容。

思考题

1.《传奇》中的小说表现了哪些主题思想？请举例说明。

2. 张爱玲的小说在艺术技巧上具有什么特点？请举例说明。

3. 谈谈40年代都市小说的创作情况。

中国当代文学发展第一阶段
(1949—1989)

概　　述

1949 年 10 月中华人民共和国成立，中国社会进入了一个新的历史时期。中国共产党领导的社会主义政治体制成为 20 世纪中期以后的中国社会性质，这在很大程度上决定了 1949 年以后中国当代文学的特点。

中国当代文学从中华人民共和国成立开始，一直延伸到改革开放以来的当代中国。本书将中国当代文学的发展分为两个阶段：第一阶段从 1949 年中华人民共和国成立至 1989 年，第二阶段从 1990 年前后到 20 世纪末。

1949 年至 1989 年的中国当代文学经历了三个不同的时期：第一个时期是 1949 年到 1966 年的十七年文学；第二个时期是 1966 年到 1976 年的"文革"时期的文学；第三个时期是 1976 年 10 月"文革"结束后到 1989 年底，中国新时期文学开始形成发展。

1949 年 7 月在北平举行的中华全国文学艺术工作者代表大会，确定了以毛泽东的《在延安文艺座谈会上的讲话》为新中国文艺事业的总方针，及文艺必须为人民服务、为工农兵服务的总方向。从此，政治与文学的关系被提升到一个最重要的高度。经过一次又一次的政治运动之后，文学为时代服务、为无产阶级政治服务的观点，成为了当时中国文艺界的共同认识，也是文学理论、文学评论、文学创作的首要出发点。在这样的政治背景下，延安工农兵文学传统成为十七年文

学的主流。三四十年代活跃在文坛的一些作家，有的放弃了小说创作，有的改变了创作风格。原解放区作家如赵树理、孙犁、周立波、马烽、康濯等人仍在坚持创作；新中国成立后走上文坛的一批青年作家如梁斌、杨沫、吴强、杜鹏程等，也陆续发表了具有代表性的作品。赵树理的《三里湾》，曲波的《林海雪原》，梁斌的《红旗谱》，杨沫的《青春之歌》，周而复的《上海的早晨》，李英儒的《野火春风斗古城》，柳青的《创业史》，罗广斌、杨益言的《红岩》，姚雪垠的《李自成》等，代表了这个时期较高的小说创作水准。

50年代后半期到60年代初期，文坛也出现了一批具有探索精神的青年作家，写出了一些大胆揭露现实矛盾以及深刻描写复杂人性、人情的作品，如王蒙的《组织部来的青年人》，宗璞的《红豆》，陆文夫的《小巷深处》，刘绍棠的《田野落霞》，邓友梅的《在悬崖上》，丰村的《美丽》，茹志鹃的《百合花》等。但这些作品发表不久就受到了批判。

五六十年代的中国诗歌也走过了一条不平坦的道路。无论是解放区来的诗人、国统区来的诗人，还是新中国成立后活跃起来的诗人，都用歌唱新中国的主题构建了一个赞歌时代，但他们的诗歌作品却仍然因为风格、题材的不完全统一，或者表达了自己个性化的情感而遭到指责和批评。

1966年5月到1976年10月间进行的“文化大革命”，给中国社会造成了巨大的损失，也使中国的文化、文艺遭受了前所未有的灾难。一方面，各种文艺组织和活动被全面停止，绝大多数文艺期刊被迫停刊，新中国成立前的一切文艺创作成果都遭到全面批判，新中国成立后创作的优秀作品也几乎全被宣布为“毒草”。文艺界的领导和文学创作者更是受到严重迫害，被剥夺了创作的权利，还有一些著名的艺术家、作家被迫害。另一方面，“文革”时期的文学理论则要求文艺无条件地为政治服务，必须以塑造工农兵的英雄人物为“革命文艺”的根

本任务。在这样的政治形势与文艺思想的影响下，文学创作领域几乎没有产生一部有价值的作品，直到 1976 年 10 月“文化大革命”结束。

跟十七年文学和“文革”文学相比，新时期文学因为政治、经济改革的影响而出现了前所未有的新面貌。1977 年到 1978 年，文化界开始了对“文革”时期文化专制主义的批判以及文化体制的重建工作。“文革”时期被迫解散的文艺组织和团体都陆续恢复工作，许多大型文学刊物纷纷创刊或恢复出版，在“文革”中被打倒的许多作家恢复了名誉，重新开始了文学创作。《班主任》《伤痕》《爱，是不能忘记的》《人啊，人》《人到中年》《如意》等小说的问世，在当时引起了轰动与很大的反响，也引起了文学界关于“写什么”和“怎么写”的论争。

1981 年到 1984 年，中国社会的改革从农村扩大到城市，文学也跟随现实生活得到了同步的发展，从题材、手法、风格等方面开始向旧有的一切告别。不仅如此，西方 20 世纪以来的各种文学思潮也成为文艺革新的重要参考，翻译和评论西方现代派作品更是形成了一个文化热潮。文学中的人情、人性、人道主义话题和对历史的反思，是这个时期文学领域的重大现象。不过，这个时期的文艺创作依然没有脱离对政治的依赖。伤痕文学①、反思文学②、改革文学③的大量涌现，都反映了文艺紧跟时代脚步的特点。代表作家作品包括刘心武的《班

① 伤痕文学的名称，来源于卢新华 1978 年 8 月 11 日在《文汇报》上发表的短篇小说《伤痕》，对“文革”动乱以及极“左”路线给中国人造成的精神创伤进行了强烈的控诉和谴责。此后，揭露“文革”历史创伤的小说纷纷涌现，形成了“伤痕文学”的潮流。

② 反思文学是 20 世纪 80 年代初期出现的一个引人注目的文学现象，是伤痕文学的发展和深化。作家们不再满足于仅仅展示“文革”的苦难和创伤，而是试图探寻造成这些苦难的历史原因。他们的视野更广阔、思考更深入，因此艺术成就也更为显著。

③ 改革文学以蒋子龙的中篇小说《乔厂长上任记》为代表，反映 80 年代初全国性的经济体制改革中广大城市、农村的现实。改革开放开始以后，许多作家把目光从历史转向现实。他们关注社会经济改革，同时也对国家的发展提出了种种设想，由此引发了一批改革文学作品的产生。

主任》，卢新华的《伤痕》；王蒙的《蝴蝶》，张一弓的《犯人李铜钟的故事》，张贤亮的《邢老汉和狗的故事》，谌容的《人到中年》；蒋子龙《乔厂长上任记》，柯云路的《新星》，张洁的《沉重的翅膀》，贾平凹的《鸡窝洼的人家》等。

从80年代中期开始，新时期文学又发生了新的变化，作家们开始在文学的各个方面走上探索与创新的道路。不同流派、风格、观念并存，成为这个阶段中国文学的重要现象。其中，“寻根小说”的创作，引发了文学界的文化寻根热。韩少功、莫言、王安忆、贾平凹、阿城、李杭育、张承志等作家在对传统文化进行反思的基础上，努力寻找中国当代文化的出路。

80年代的中国诗歌创作表现出了诗歌流派众多的繁荣局面。以艾青为代表的“归来者诗人群”因为政治原因曾经长期中断了诗歌创作，80年代恢复名誉后又重新回到诗歌领域。他们的诗歌创作具有较强的社会责任感和历史使命感。“干预生活诗人群”是80年代新出现的诗人，他们中很多人都出生在建国后，既有社会责任感，又有独立思考、超越传统的精神。“朦胧诗”是这个时期影响最大、争论最多的诗派，代表人物为舒婷、梁小斌、顾城等。作为一种新诗潮，“朦胧诗”的主要精神就是表现在“文革”中迷失方向、痛苦绝望的一代人对“人”的反思，对“人的自我价值”的肯定，对“人性回归”的呼唤，对“人的心灵自由”的追求，其中既有无法超越现实的无奈，又有干预社会的激情。他们采用现代主义的艺术手法和技巧，来抒发一种介于“表现自己与隐藏自己”之间的朦胧情绪，因此被称作“朦胧诗”。“朦胧诗”的出现，引起中国诗坛的新诗潮运动，成为80年代中期以后诗歌界的主要力量。

80年代戏剧在一片废墟中站起，恢复了现实主义戏剧传统，取得了重要的收获，同时又产生了戏剧探索的新潮流。沙叶新的喜剧在写实主义中加入了现代主义、荒诞主义的手法，其戏剧语言机智幽默、

结构灵活多变，轻松的表面包含着深刻的意义。高行健则是最有代表性的戏剧探索者，他认为戏剧是一门综合艺术，不是单纯的说话艺术，歌舞、武术、面具、魔术、杂技、木偶等形式都可以进入戏中。此外，演员的表演也应该最大限度地展示戏剧的魅力。高行健 1985 年创作的《野人》被他自己称作“多声部现代史诗剧”，是体现戏剧探索精神的代表作。

第十章　张贤亮与《男人的一半是女人》

张贤亮（1936年12月—2014年9月27日），祖籍江苏盱眙，生于江苏南京。中国当代“新时期”文学以来最重要的作家之一。

第一节　张贤亮小传

在80年代的中国文坛上，张贤亮是一个饱受争议、富于传奇的作家。他1936年出生于南京，祖父是国民党政府的外交官，父亲毕业于美国哈佛商学院，结交过不少国民党要人。1937年抗日战争开始的时候，他们全家逃亡到了四川，直到抗战胜利后，才回到南京的老家。这时的张贤亮已经度过了童年时代。

张贤亮

张贤亮从小受到古典文学的熏陶，中学时代开始接触俄罗斯文学和法国文学，并尝试文学创作。1949年，张贤亮的父亲作为国民党旧官僚被关进监狱，出生于“反动家庭”的张贤亮不到18岁就结束了自己的学生时代。

1954年，张贤亮带着母亲和妹妹来到宁夏贺兰县农村插队务农，那时候，他的父亲已经在监狱中去世，他一个人担负起了养家的重担。1955年，有着高中文化程度的张贤亮进入宁夏银川干部文化学校任教。年轻的张贤亮对未来生活充满了希望，他开始了诗歌创作，发表了《夜歌》《黎明时的歌》等诗歌作品。

1957年7月，他在当时很有影响的文学月刊《延河》上发表了长诗《大风歌》，引起了轰动。然而同年9月1日，《人民日报》发表了一篇猛烈批判《大风歌》的文章，认为其中有反党、反社会主义的言论和思想。于是，《大风歌》成了右派言论的代表作品，作者张贤亮也就不可避免地被打成了右派，送进了宁夏银川的西湖劳改农场，接受劳动改造长达22年。苦难的生活经历和长期的体力劳动，给了张贤亮独特的感受，他在肉体上、心灵上都经历了很大的变化，也领悟到了新的人生境界。这一切为他后来的文学创作提供了很好的素材。

1979年9月，在农场子弟学校教书的张贤亮终于获得平反[①]，这时，他已经是一个43岁的中年人了。1980年，张贤亮被调入宁夏《朔方》文学杂志社担任编辑，同年加入中国作家协会。这时，他重新拿起了笔，开始了专业文学创作，先后发表了短篇小说《邢老汉和狗的故事》《灵与肉》《肖尔布拉克》《初吻》等；中篇小说《土牢情话》《龙种》《河的子孙》《绿化树》《早安朋友》《浪漫的黑炮》《男人的一半是女人》；长篇小说《男人的风格》《无法苏醒》《习惯死亡》等。其中《灵与肉》与《肖尔布拉克》分别获1980年与1983年全国优秀短篇小说奖，《绿化树》获第三届全国优秀中篇小说奖。

张贤亮的作品先后结集出版的有中短篇小说选集《灵与肉》《感情的历程》《唯物论者的启示录》，长篇文学性政论随笔《小说中国》，散

① 一个政治术语。指对过去的冤案及错误的认识或不准确的评价进行更正、修改，恢复历史的真实面目，也给曾被错误对待的人以公正的评价和待遇。

文集《飞越欧罗巴》《边缘小品》《小说编馀》《追求智慧》等。

凭借这些作品，张贤亮曾三次获得国家级小说奖和多次全国性文学刊物奖，还获得过宁夏回族自治区“有特殊贡献的知识分子”的称号。1993 年初，已经是宁夏文联主席兼宁夏作协主席的张贤亮“下海”[①]经商，创办了华夏西部影视公司。公司下属的镇北堡西部影城现在已经成为宁夏重要的人文景观和旅游景点。张贤亮成为文人经商的成功典型。

90 年代以后，张贤亮创作了长篇小说《我的菩提树》《青春期》，但影响力不如 80 年代的作品。他的小说有 9 部被搬上了电影、电视屏幕，如《灵与肉》改编成电影《牧马人》，《浪漫的黑炮》改编成电影《黑炮事件》。其他被改编为电影、电视的还有《男人风格》《老人与狗》《肖尔布拉克》《河的子孙》《临街的窗》及《我们的世界》等。此外，他还有相当一部分作品被翻译成多国文字在世界各国发行，具有广泛的国际影响。

张贤亮曾任宁夏文联主席兼宁夏作家协会主席，中国作家协会主席团委员，中国文联委员，历任中国人民政治协商会议第六、七、八、九、十届全国委员会委员，兼任宁夏华夏西部影视城有限公司董事长。20 多年来，张贤亮身兼文、官、商三职于一身，的确是中国作家中具有传奇性的人物。

第二节　中篇小说《男人的一半是女人》

《男人的一半是女人》是小说集《唯物论者的启示录》中的第二

---

① 指放弃原来的工作而经营商业。

部，主人公与《绿化树》主人公一样，仍然是章永璘，仍然以第一人称来叙述“文革”期间受尽身体和心灵苦难的知识分子的人生历程。

张贤亮代表作《男人的一半是女人》

“文革”期间，章永璘在西北的劳改农场劳动，从大组调到水稻田组当了组长。“保苗期”①，女劳改队的到来，让田管组的十三个长期见不到女人的男人们十分兴奋。有一天，章永璘去抓野鸭，意外地撞见一个女人光着身子在河边洗澡。那女人发现章永璘在偷看，并没有惊慌，甚至还微笑了一下。章永璘却呆住了，他头晕目眩了一阵，就慌慌张张地跑掉了。没过几天，女队跟着大部队转移到别的稻田区去了。章永璘再也没有机会见到那个洗澡的女人，只打听到她叫黄香久。

章永璘再次遇见黄香久已经是八年之后。他劳改期满被释放，仍然回到原来的农场，巧的是，黄香久也被派到章永璘管的羊圈劳动。章永璘了解到黄香久在这八年里曾经结过两次婚，也离过两次婚。两个人聊起往事都很感慨，有一种同病相怜的感觉。想起八年前在河边看见黄香久洗澡的那一幕，章永璘仍然记忆深刻。不久，他们俩经人撮合结了婚。

但是，新婚之夜，章永璘却发现自己性无能，黄香久非常失望。

---

① 小说里写道：“水稻的田间管理，最辛苦的是从下种灌水到稻苗在水面挺立起来的四十天中。这四十天叫做‘保苗期’”。也就是保证地里有足够的幼苗，并使它们健康生长。

章永璘提出离婚，可黄香久又不愿意，怕别人笑话。他们就这样平静而痛苦地过着名义上的夫妻生活。有一天，章永璘发现黄香久跟农场的队长曹学义有不正当的关系，内心非常痛苦，只能对着那匹大青马诉说心思。从那以后，章永璘变得很消沉。黄香久知道原因后，心里很愧疚，对章永璘殷勤了许多。但是生活过得越是舒适，章永璘越是想离婚。

洪水来了，章永璘勇敢地跳进急流中用自己的身体堵住缺口，赢得了大家的称赞。他回到家时，身体几乎冻僵了。黄香久给他又揉又搓，还脱下衣服，用胸口的热量去温暖他，这使章永璘产生了前所未有的冲动，他一把搂住了黄香久，并惊奇地发现，自己的性能力恢复了，他是一个真正的男人了。

这一来，黄香久对章永璘更好了，她希望他能够原谅自己曾经的不忠。可是，章永璘无法忘记过去给他带来的耻辱，他更不愿意眼前这种安逸的生活使他忘记自己的责任和理想。于是，他决定跟黄香久离婚，离开农场，去做一点有意义的事情，去实现自己的人生理想。

黄香久起先又哭又闹，拼命哀求，后来又拿着章永璘偷偷写的日记，威胁说要向上级汇报，但这一切都没有改变章永璘的决心。他觉得黄香久只能给自己安定的物质生活和肉欲的满足，无法理解他的精神世界，所以尽管有些不舍得、不忍心，他还是坚决办理了跟黄香久的离婚手续。

临别的前夜，黄香久敞开了自己的内心，对章永璘表白了炽热的爱。

第三节　《男人的一半是女人》的历史反思

《男人的一半是女人》可以说是张贤亮的自传性小说。张贤亮的前

半生基本上是在劳教和管制中度过的，由于在社会的底层经历了复杂而严酷的生活，他的身心受到很大的伤害，这对他日后的创作产生了深刻的影响。他认为苦难的经历使他“治疗了自己精神的创伤，纠正了过去的偏见，甚至改变了旧的思想方法，从而使自己的心灵丰满起来”。于是，张贤亮在其系列中篇小说《唯物论者的启示录》中刻画了章永璘这个知识分子形象，让他经历饥寒、屈辱和生死考验，最终获得更深刻、更高尚的思想与品质，并以此来表现自己对过去时代的反思、对人生磨难的认识。

一、对极“左”政治的批判

80年代初，当伤痕文学仍然盛行的时候，一批在政治运动时期遭受过不公正待遇的作家突破了种种创作局限，提出深化现实主义的主张，写出了一批具有思想深度的作品，揭示“文革”的荒诞、反思历史经验和教训。这其中就有张贤亮的中篇小说《男人的一半是女人》。

主人公章永璘在中国社会动荡无序的“文革”时期，在农场劳改了近十年。十年的磨难把他的人生追求和理想全部消磨光了，只剩下动物性的生理要求。但是长期压抑的生活和精神上的折磨，使得他连这点“动物性”也失去了。妻子对他除了失望和轻视外，还在身体上背叛了他。这一切更增加了章永璘的人生痛苦和屈辱。

张贤亮通过章永璘身体的病态，批判了“文革”极“左”政治给知识分子带来的肉体、精神的双重折磨，以及难以忘怀的心灵创伤，说明非人的环境造就了人的扭曲的精神世界。章永璘的生理疾病实际上象征着他心灵和精神上的残缺，这是那个特定时代知识分子的普遍遭遇，是灾难性的社会现实。

二、知识分子的理性抗争

除了反思历史、批判“文革”以外，张贤亮还在这部作品中生动地表现了主人公灵与肉的自我搏斗。张贤亮是80年代第一个较为直接进行性描写的作家，这使得《男人的一半是女人》发表后引起了极大的争议和讨论，被评论界指出“在新时期第一个揭开了性的神秘面纱”。尽管小说中的性描写突破了80年代文学创作的禁区，但张贤亮的写作态度却是严肃而富有哲理的，他的苦苦思索使得这部作品具有了浓厚的理性色彩。

章永璘与黄香久的婚姻说到底只是肉体的需要。对章永璘来说，只要是异性，不管是谁都行。而黄香久对生活目的的追求也很简单、粗糙，她因为“男女关系”问题被劳改三年，结过两次婚，又离过两次婚，跟章永璘结婚似乎也只是一种“生理需要”。因此，当章永璘性无能时，她便表现出明显的怨恨、恼怒。自己背叛丈夫的事被章永璘发现后，她自知有错，便在日常生活中主动关心起他来。后来，章永璘的性能力恢复之后，黄香久对他的感情也从同情变成了依恋。

但是，章永璘毕竟是个有理性的知识分子，他一方面在黄香久的照顾下品尝到了生活的安逸和舒适，另一方面又对自己毫无感情基础的婚姻感到厌倦，甚至罪恶。他绝望地自问：“影子和肉体整个地分离了？”他清楚地认识到，“维系我们的，在根子上恰恰是情欲激起的需求，是肉与肉的接触；那份情爱，是由高度的快感所升华出来的。离开了肉与肉的接触，我们便失去了相互了解、互相关怀的依据。”于是，他摇摆、恐惧、反省、忏悔，始终在努力抗拒环境对人的尊严的破坏。

知识、文明、理性一旦回归，章永璘就再也无法忍受自己的这段婚姻。他不再满足于自己被别人设计、制作的人生，他要寻求自我价值和自由意识，他要超越自己、超越恶劣的环境、超越一切平庸的现

实，他要在新的创造中获得自己的新生。章永璘最终决定与黄香久离婚，他要摆脱她精心制造的肉体满足的安逸生活，去寻找具有创造力的未来。

由此，《男人的一半是女人》就不仅仅是停留在大胆揭露批判“文革”时期的政治运动对知识分子造成的肉体和心灵的双重残害，还从更深的层次上表现了知识分子对自我精神、自我价值的追求和期望，也表现出了那个时代知识分子的使命感和责任感。

第四节　张贤亮的艺术探索

与小说要表现的主题相适应，张贤亮也在努力探索着各种不同的艺术形式。《男人的一半是女人》在写作技巧上有着许多不同于以往小说的独特之处。

一、小说运用了大量富有哲理性的议论来深化主题，造成了一种强有力的气势，使得作品所表达的人生经验具有很强的感染力。

例如小说中关于爱情降为肉体本能的一段议论：“纯洁的如白色百合花似的爱情，战战怯怯的初恋，玫瑰色的晚霞映红的小脸，还有那轻盈的、飘浮的、把握不住的幽香等等法国式罗曼蒂克的幻想，以及柏拉图式的爱情理想主义，全部被黑衣、排队、出工、报数、点名、苦战、大干磨损殆尽，所剩下来的，只是动物的生理性要求。可怕的不是周围没有可爱的女人，而是自身的感情中压根儿没有爱情这根弦。于是，对异性的爱只专注于异性的肉体；爱情还原为本能。”

二、在人物心理世界的刻画和剖析中，作者采用了情节叙述之外的抒情、议论、主人公自述和人物对话等形式，来传达人物的内心声音，表现人物潜意识中的思想行为，因此展现了人物丰富的、多层次的内心世界。

例如下面这段自述："我开始蔑视我过去所受到的全部教育。文明，不过是约束人的绳索，使一切归于人，发自人本性的要求都变得那么复杂，那么可望而不可即。如果我像那些普通的农民劳改犯就好了。但我又庆幸自己过去受了教育，是文明使我区别于动物，使我能克制自己，在关键时刻表现出了人，也只有人才能表现出的高尚行为；我有自由意志，我可以选择，因而我要对自己的行为负责。然而，倘若我迎了上去，世界也并不会因此更坏些；我转身逃了开去，世界也没有因此变得更好。我，一个劳改犯，一只黑蚂蚁，还谈得上什么用行为合乎道德规范这点来自宽自慰？何况，如果我认为自己是道德的，就必定认为她是不道德的，而我又有什么权利在心里指责她？那不正是曾在自己的幻想中出现过的场景吗？我为自己的行为负责，那么谁又曾对我负过责任？"

三、小说中对西北风俗人情的描写充满了诗情画意。无论是对荒凉贫瘠的物质环境的描绘，还是对独特的西北高原风光的刻画，都有一种力度，与人物的心理世界和作品的主题相呼应。

例如，"大队收工回去了，周围陡然异常地静谧。乌鸦在老柳树上拉屎，稀粪穿过枝叶掉在积满黄土的渠坝上，砸出'扑、扑'的声音。太阳落在群山之巅，灌满了水的大面积稻田，蓦地变得清凉起来。青蛙和癞蛤蟆先是试探性的，此起彼伏地叫那么两三声。声调悠长而懒散，仿佛是它们刚醒过来打的哈欠似的。接着，它们便鼓噪开了，整个田野猝然响成一片：'咯咯咕！''咯咯咕！'欢快而又愤怒。它们要把世界从人的手中夺回来，并充满着必胜的信念。"

再如，"'保苗期'以后，整个黄土高原陡然涂上了一层嫩绿的色棚。到处都是绿的：绿的山、绿的水、绿的田野，连空间也好像畅流着某种馨香醉人的野生汁液，鹤鸟不顾'严禁入内'的木牌，不顾带刺的铁丝网翩翩飞来，在绿色的水面上展开它们银灰色的翅膀。长脚鹭鸶在水田里漫步，那副沉思默想的模样，倒很像我们的王队长。野

鸭在排水沟边丛生的芦苇中筑起了自己的巢，辛苦地经营着它们的小家庭。灿烂的阳光映照着水禽翻飞的花翎，辽阔的田野上回荡着它们欢快的鸣叫。野风在稻苗上翻滚，稻苗静静地吮吸着土地的营养。大自然充实得什么都不需要了，而人却渴望着爱情。”

张贤亮在小说艺术上的探索为80年代中期以后的小说创作提供了新鲜的经验。

第五节　80年代初期的反思文学

70年代末至80年代初，有一批敢于思考和创新的作家提出了“现实主义深化”的主张，创作了大量具有思想深度的作品。如茹志鹃的《剪辑错了的故事》、张洁的《爱，是不能忘记的》、鲁彦周的《天云山传奇》、高晓声的《陈奂生上城》、方之的《内奸》、张弦的《被爱情遗忘的角落》、古华的《芙蓉镇》、路遥的《人生》、张一弓的《犯人李铜钟的故事》、李国文的《冬天里的春天》、王蒙的《蝴蝶》、谌容的《人到中年》、张贤亮的《灵与肉》、史铁生的《我的遥远的清平湾》、梁晓声的《今夜有暴风雪》等等。与伤痕文学相比，反思文学不仅仅满足于揭示“文革”或更早时期的苦难和伤痕，而是试图对造成这些苦难的历史、文化原因以及人的价值进行深入的思考和探索。反思文学深化了伤痕文学的主题，重新认识了“文革”这场历史灾难，以艺术的形式表现出对过去历史的怀疑和批评。

王蒙（1934—）青年时代就发表过《青春万岁》《组织部来了个年轻人》等影响很大的小说。70年代末，被划为“右派”、下放劳动长达16年的王蒙重新回到新时期的文坛，创作了《春之声》《夜的眼》《布礼》《蝴蝶》《风筝飘带》等小说，塑造了一系列知识分子的形象，他们虽然经历坎坷，对人生有过迷惘、困惑，但始终坚持理想，对国家、社会抱有强烈的使命感和责任感，对新生活充满了期待和向

往。在1980年创作的《蝴蝶》里，王蒙借用了中国古代哲学家庄子著名的“庄生梦蝶”[①]的故事，对存在发出疑问，对历史进行反思。高级干部张思远原是穷人家的孩子“小石头”，在新中国成立后成为市委书记，“文革”中被打成“牛鬼蛇神”[②]，“文革”结束后又恢复了高级干部的职位。他始终以清醒的头脑追忆往事，世态人情的反复无常和命运环境的起伏不定令他感到困惑，甚至对人生产生了怀疑和荒谬之感。30年曲折的人生经历使他产生了很多的疑问：人的存在的本质是什么？哪一个才是真实的自己？

1986年，王蒙创作了《活动变人形》，标志着他从反思历史、坚持理想的立场转变为对文化和人性的深层思考。直到90年代，王蒙仍然在小说中持续关注知识分子的精神世界。他还是同时代最具艺术探索精神的作家之一，他的小说常常借鉴西方意识流的技巧与黑色幽默的风格，善于运用隐喻和象征手法，语言方面具有很强的创新能力。

谌容（1936—）1980年发表的中篇小说《人到中年》，提出了一个普遍性的社会问题——如何尊重知识、尊重人才、关心知识分子。小说主要描写中年知识分子夫妻陆文婷、傅家杰的工作和家庭生活。陆文婷是一家医院的眼科医生，有高超的医术和高尚医德，长年繁重的工作使她顾不上家庭和孩子。丈夫傅家杰是一名冶金工程师，他不仅承担了所有的家务劳动，还要在极差的生活条件下写作科研论文。这对夫妻长期居住在狭小的空间里，承受着工作和生活的双重压力。有一天，连续做了三个手术的陆文婷终于疲劳过度，心脏病发作，倒在了医院病床上。陆文婷的中年知识分子形象在当时十分典型，她一丝

---

① 有一天，庄子做梦梦见自己变成了蝴蝶，非常逍遥快活。可是梦醒之后发现自己还是庄子，他疑惑自己到底是梦见庄子的蝴蝶，还是梦见蝴蝶的庄子。实际上庄子在这里提出了一个哲学问题——人如何区分真实与虚幻。后世学者常用这个故事比喻人生如梦、变化无常。

② 本是佛教用语，牛头的鬼，蛇身的神，指虚幻怪诞之物。后来固定为成语，比喻各种邪恶的人和事物。“文化大革命”中，“牛鬼蛇神”成了一切被打倒的无辜者的统称。

不苟地工作，受到病人的喜爱、称赞，但在家中却无法尽到一个妻子和母亲的责任，为此，她心里充满了内疚，却依然无怨无悔地工作着。在她的周围，还有不少处境相似的知识分子，他们中的一些人在无力改变困境的情况下，怀着巨大的遗憾出国，这对急需人才建设现代化的国家而言，是极大的损失。《人到中年》对知识分子的命运表现出了强烈的关切之情，也对轻视知识和知识分子的社会环境提出了强烈的批评，因而引起了读者的巨大共鸣。1982 年，《人到中年》改编成的电影也获得了多项大奖。

谌容在后来的《太子村的秘密》《真真假假》《减去十岁》等小说中继续关注和思考一些特定的社会问题，具有很强的现实感。

思考题

1. 张贤亮的个人经历与他的小说创作之间有什么关系？

2.《男人的一半是女人》的反思性表现在哪些方面？

3.《男人的一半是女人》在艺术技巧上有什么特点？

4. 简单介绍中国 20 世纪 80 年代初期的反思文学。

第十一章 阿城与《棋王》

阿城，1949年清明节出生于北京，原名钟阿城，祖籍四川江津。中国当代作家。

第一节 阿城小传

阿城十二三岁的时候就读过曹雪芹、罗贯中、施耐庵、托尔斯泰、巴尔扎克、陀思妥耶夫斯基、雨果等中外著名作家的作品。“文化大革命”开始后，还没读完中学的阿城就去山西“插队”①，并在山西开始学习画画儿。后来为了能去草原写生，他转到了内蒙古插队，最后又去了云南建设兵团的农场插队落户。

阿城

阿城在云南时认识了著名画家范曾，彼此成为超越年龄的好朋友。“文革”结束后，经过范曾的推荐，阿城被《世界图书》编辑部破格录用，重新回到了北京。回京后的阿城先后在中国图书进出口公司、东方造型艺术中心、中华国际技术开发总公司工作。

① “文革”期间响应毛主席的号召，城市知识青年到农村去劳动，接受“再教育”。

1979 年，阿城曾经协助他的父亲——著名电影美学理论家钟惦棐先生撰写《电影美学》，在这个过程中，阿城与父亲广泛研究古今中外宗教哲学、天文地理方面的论著，为他后来创作风格的形成打下了深厚的基础。

1984 年，阿城在《上海文学》杂志上发表了他的第一篇文学作品——中篇小说《棋王》。作品一发表就立刻震惊文坛，被称赞为“寻根文学”中最优秀的作品，先后获得 1984 年福建《中短篇小说选刊》评选的“优秀作品奖”和第三届全国优秀中篇小说奖。此后，阿城又接连写出了中篇小说《树王》和《孩子王》，与《棋王》一起合称为“三王”。“三王”与他的六个短篇小说《会餐》《树桩》《周转》《卧铺》《傻子》《迷路》一起被收入作品集《棋王》中，于 1985 年 11 月由作家出版社出版。

1987 年，阿城移居美国之后就很少创作小说了，但常常有随笔、杂文发表。90 年代陆续发表了随笔集《遍地风流》《威尼斯日记》《常识与通识》等，其中《威尼斯日记》获 1995 年台湾“最佳图书奖”。

除了文学创作以外，阿城还表现出了电影方面的兴趣。他创作或参与改编的电影剧本很多都搬上了银幕，如《孩子王》《月月》《芙蓉镇》《书剑恩仇录》《人在纽约》《郑成功》《孔子》《小城之春》等，还参与电影《中国日记》《海上花》《David L. Wolper》的制作工作，多次获得“最佳编剧”等大奖。

第二节　中篇小说《棋王》

《棋王》故事中的主人公“我”是一名知青，要坐火车去乡下插队落户了，却没有一个亲人来送。看见火车站台上那热热闹闹的送人场景，“我”感到很凄凉。“我”在车厢里找到自己的座位坐下，见对面

阿城代表作《棋王》

坐着一个精瘦矮小的男学生，也是一个人孤单地坐着，没有家人来送，“我”就主动跟他说起话来。可是这个男同学却只对下象棋感兴趣，对于有没有家人来送行，似乎一点也不关心。

后来，“我”从别的同学那里得知这个瘦小的同学就是学校闻名的“棋呆子”王一生。王一生最大的爱好就是下棋，他不管到哪里都要找下棋的对手，只要有棋下就把什么事都忘了。在火车上，他一路上谈的只有两件事，一是吃，二是棋。说到吃，“我”惊讶地发现了王一生对吃的虔诚、专心和细致。说到棋，王一生借用了一句古诗：“何以解忧，唯有下棋。”下棋就是他最大的人生寄托。

到达目的地后，“我”和王一生被分在了不同的农场，相隔一百多里路。有一天，王一生突然走了很远的路来到“我”所在的农场来看“我”。“我”很高兴，就叫了一群知青去山里找吃的，还向食堂要了自己的一份油和菜，准备让王一生好好儿吃一顿。

晚上，一伙知青围着灯，一边吃着自己抓到的蛇肉和食堂的茄子，一边聊天儿，感到无比幸福。王一生告诉大家，他这次出来是专门“以棋会友”的，他已经去过很多农场，打败了所有的高手。“我”所在的农场里有个叫倪斌的知青，家里是书香门第，下棋有家传，他还有一副明朝留下来的古董象棋。大家都兴致勃勃地看着王一生跟倪斌的“战斗”，没想到，下了几个回合，倪斌都输了，大家开始露出惊叹的眼光。倪斌告诉王一生，半年后地区将举办象棋比赛，让他一定要报名参加，大家也约好半年后见面。

半年后，“我”和倪斌等知青如约到地区去参加比赛，没想到王一生错过了报名的机会，没有报上名，只好来到区里当观众。大家都觉得可惜，倪斌去找他父亲认识的书记帮忙，希望能够破例让王一生参加比赛。可是，当王一生知道是倪斌把自己家祖传的古董象棋送给了书记，才换来他的比赛资格后，怎么也不肯去参加比赛。最后在大家的劝说下，他才同意等比赛结束后，跟前三名的获得者比一比，算作友谊赛。可是，地区比赛结束后，很多人都听说了这个“狂妄”的王一生，有好几个人都想跟他比一比棋艺。王一生最后答应跟获得前九名的九个人进行“车轮大战”，即一个人同时跟九个人下棋，而且下的是盲棋①。

比赛当天，赛场附近人山人海，像过节一样。王一生一个人坐在场地中央，不看棋谱，用脑子跟其他九个人下棋，结果八个人都输给了他。得了第一名的老人坚持到最后，也请求和棋。王一生同意了，他下了九盘棋，快要累垮了，大家搀扶着他一起回住处休息。

夜里，大家都睡下了，“我”似乎领悟到了人生的某种真正的意义。

第三节　《棋王》的寻根意识

《棋王》刚刚发表就引起文坛瞩目及读者的争相阅读。进入台湾后，又使得台湾读者和文学界对大陆的文学刮目相看，甚至出现了一股“大陆热”，连电影《棋王》也是在台湾拍的。一时间，《棋王》闻名海内外，阿城也因此成为知名的文坛新星。

《棋王》之所以引起如此之大的轰动，与其中的文化寻根意识是分不开的。

---

① 不看棋盘、不用棋子来下象棋，而是用语言说出自己的下法。下盲棋需要极强的记忆力，要把自己和别人下的每一步棋都记住。

一、寻根文学的代表

寻根文学的一个显著特点就是用一种现代意识来观察、比较历史与现实，反思传统文化，探索重新塑造民族精神、建设民族文化的可能性和途径。

《棋王》一直被看作是一部典型的文化寻根小说。它表现的虽然是“知青”生活的题材，但更着重表达的是在传统文化中寻找理想精神的主题。阿城在《棋王》中塑造了一个传统文化精神的代表人物——王一生，又通过故事的讲述者“我”在价值观和行为准则上不断被王一生感化，并逐渐向他靠拢的这个过程，来表达作者“呼唤传统回归、重建传统精神、依靠传统文化力量来解决现实危机”这样一个美好的愿望。“我”对王一生精神的认同表明，传统文化的感召力是巨大的，也是成功的，它必然能够在现实的世界中找到应有的地位。

二、道家文化的精神力量

《棋王》的内容跟吃和下棋有关。在那个动乱、贫困的年代，王一生对吃的高度重视，表现了他对生命存在的极度尊重。而他对下棋的迷恋则是一种强大的精神力量，使得他身处乱世而不惊，时时处处都能安然自得，不被环境所影响。这样，王一生就与一般的知青有了精神层面上的差别。

王一生的巨大人格魅力，来自于他身上的道家文化气质。道家文化的核心观念就是“无为而无不为”，是无用之用。也就是说，不去主动追求什么作为，却最终能达到有作为的境界，使“无用”变成“有用”，甚至“大用”。这里所说的“无为”只是手段，不是目的，它的最终目的仍然在于“为”与“用”。

王一生外表柔弱，却在粗暴、喧闹的社会环境中保持着强大的

“定力”，不是因为别的，只是因为他迷恋下棋。他从一个神秘的捡垃圾老头儿那里得到了“棋道”，乃至道家文化的要义。王一生的聪明使他领悟了这些道义，提升了自己的棋艺，并使棋道与自己的人格融合在一起。于是，他的人生就体现为一种“无为而无不为”的境界。他棋艺高超，却不靠下棋谋取利益；他“吃”得极其认真、精细，却并不沉迷于口福之欲。“吃”和“棋”是王一生肉体和精神的需要，也是他自我修养、自我提升的需要。依靠这两样东西，王一生在看起来无所作为的日常生活中积蓄了强大的内在力量，使他既不受外物控制，也不受外界影响。而一旦需要，他就可以爆发出巨大的生命能量。这一点突出地表现在他跟九名象棋高手的“车轮大战”上，那一天，他把自己全部的潜在力量都发挥出来了，赢得了大胜。这一刻，王一生的生命以旺盛的状态散发出耀眼的光芒，“久久不散，又慢慢弥漫开来，灼得人脸热”。

阿城本人对道家文化兴趣浓厚，他曾说：“若使中国小说能与世界文化对话，非要能浸出丰厚的中国文化。”而《棋王》正是借助王一生那种无为的人生态度与有为的创造力，表现了道家文化的思想、精神气质和进取向上的时代意义。

第四节　《棋王》的艺术成就

《棋王》最突出的艺术成就表现在王一生这个人物形象的塑造和与道家文化相一致的含蓄写作风格上。

一、王一生的人物形象

《棋王》是通过“吃”和“棋”这两样普通的日常生活来塑造王一生的形象的。小说里有一段关于王一生怎么“吃”的描写非常精

彩："列车上给我们这几节知青车厢送饭时，他若心思不在下棋上，就稍稍有些不安。听见前面大家拿吃时铝盒的碰撞声，他常常闭上眼，嘴巴紧紧收着，倒好像有些恶心。拿到饭后，马上就开始吃，吃得很快，喉结一缩一缩的，脸上绷满了筋。常常突然停下来，很小心地将嘴边或下巴上的饭粒儿和汤水油花儿用整个儿食指抹进嘴里。若饭粒儿落在衣服上，就马上一按，拈进嘴里。若一个没按住，饭粒儿由衣服上掉下地，他也立刻双脚不再移动，转了上身找。这时候他若碰上我的目光，就放慢速度。吃完以后，他把两只筷子吮净，拿水把饭盒冲满，先将上面一层油花吸净，然后就带着安全到达彼岸的神色小口小口地呷。"

王一生的吃相似乎有点难看，但却有难得的虔诚和认真，像在对待一件神圣的事情。这种吃法是王一生在长期"半饥半饱"的贫困生活中所形成的。从童年开始，饥饿的感觉、吃饱的欲望就一直是王一生对物质的基本认识，虽然"吃"是为了活着，但在王一生看来，活着可并不只是为了"吃"，他还要在基本的生存之外寻求精神的超越，这就是他常常挂在嘴边的"何以解忧，唯有下棋"了。

王一生被称为"棋呆子"，他爱棋如命，为了下棋什么都不顾，甚至在天天讲政治的环境里，也为了下棋而请事假外出会棋友，被农场领导认为"表现不好"，影响了他去区里取得报名参赛的资格。但王一生下棋显然不是为了得到名利，在他看来，下棋就是下棋，所以尽管后来倪斌通过送礼为他争取到决赛的资格，他还是拒绝了，却提出愿意在赛后跟得到名次的高手较量一下棋艺，于是就有了最后的"车轮大战"。这场大战虽然没有战场上的硝烟和拼杀，却也有一个大舞台，有无数观众。万众瞩目之下，胜利之后的王一生如同一名爆发了生命尊严和力量的孤胆英雄。

二、含蓄的写作风格

《棋王》是寻根文学的代表作品，其中包含了丰富的文化意蕴和人生哲学。同时，这又是一部以“文革”为背景的知青题材小说。但阿城没有像多数知青小说那样去描写知青生活的苦难，或十年动乱带来的痛苦，更没有大声疾呼传统文化的回归。相反，他采用了一种含蓄、平和的风格把这两方面的内容结合了起来。

在作品中，阿城有意淡化了上山下乡的政治事件，也没有刻意描写知青在农场劳动生活的艰苦。比如下面这一段描写：“这个农场在大山林里，活计就是砍树，烧山，挖坑，再栽树。不栽树的时候，就种点儿粮食。交通不便，运输不够，常常就买不到煤油点灯。晚上黑灯瞎火，大家凑在一起臭聊，天南地北。又因为常割资本主义尾巴，生活就清苦得很，常常一个月每人只有五钱油，吃饭钟一敲，大家就疾跑如飞。大锅菜是先煮后搁油，油又少，只在汤上浮几个大花儿。落在后边，常常就只能吃清水南瓜或清水茄子。米倒是不缺，国家供应商品粮，每人每月四十二斤。可没油水，挖山又不是轻活，肚子就越吃越大。我倒是没有什么，毕竟强似讨吃。”这段看起来冷静客观的叙述，实际上包含着作者对那个时代的评判。时代是荒谬的、无理性的，人却要活出人的意义来。越是在这样的环境下，王一生的下棋才越显出精神文化的巨大力量和对社会进步的意义。

与深藏不露的批评方式相应的是，阿城在叙事风格上同样表现出含蓄、宁静、平和的特点。小说精巧的结构，散文化的简短句子，质朴、自然的用词，从形式上体现了道家文化清淡自然的风格。

第五节　80 年代中期前后的寻根小说

早在 80 年代初期，汪曾祺的《受戒》、邓友梅的《那五》、陆文夫的《美食家》等小说，就已显露出一定的寻根意识。《受戒》淡化了情节、背景，着重描写了苏北乡间、佛寺的民俗人情；《那五》呼唤传统文化拯救人生的力量；《美食家》则通过挖掘苏州美食文化之根，表现了苏州市民的文化心理特点。

寻根文学的真正兴盛是在 80 年代中期前后，以张承志、李杭育、贾平凹、韩少功、王安忆等人的创作为标志。

张承志（1948—）的草原文化系列作品《北方的河》，以北方的几条河作为汇聚民族精神和时代精神的象征，歌颂祖国的传统文化和民族的精神力量如同奔流不息的河流，创造着生命的价值和意义。

李杭育（1957—）的葛川江文化系列作品《最后一个渔佬儿》，塑造了一个体格强健、无所畏惧的自由渔人福奎的形象。尽管社会发展所带来的负面因素，使得江河里已经无鱼可捕，大多数渔人都纷纷另谋生路，但福奎仍然坚守着古老的人生原则，以传统的精神力量对抗着重实利的现实社会，显示出传统价值观所赋予的人格魅力。

贾平凹（1952—）是当代中国文坛的一位重量级作家，作品数量惊人，其中相当一部分获得过国内外多种奖项。1983 年以后，他深入商州地区考察体验当地文化而产生的系列作品《商州初录》，可以算作寻根小说的代表。贾平凹在其中的 14 个故事中，深情地描写了商州美丽、富饶的风景，勤劳、勇敢、善良、真诚的商州人，尤其着力地赞美了商州地区人与人之间相互扶持、帮助的淳朴民风，以及人们纯洁美好的心灵。而对于现实中的矛盾冲突和农村某些愚昧、落后的事实，作者多半采取了回避、淡化的态度，或者仅仅流露出一丝伤感、哀怨

的情绪，表现出对于传统文化价值观的肯定和对传统道德的留恋。

贾平凹的这种正面的寻根意识在他后来的小说《腊月·正月》及《浮躁》中，已经被反思传统、改革现状的进取态度所取代。

贾平凹作品集

寻根小说对于传统文化的态度到了韩少功这里，已经由歌颂、赞美、留恋转变为质疑和批判了。韩少功（1953—）1985年发表的湘楚文化系列作品《爸爸爸》，从反面角度探索了民族文化的根。小说主人公是湘鄂山水间一个原始部落里一个名叫丙崽的白痴侏儒，不可思议的是，丙崽的胡言乱语竟然被村民们视为神的启示，最终导致了一场野蛮的械斗，村民死伤无数。韩少功用一种魔幻与现实结合的手法，展示了山川间原始的生产、生活方式，同时把乡民们性格中愚昧、迷信、凶残、野蛮的一面加以突出并批判，以此揭示传统文化中的劣根性对于民族生存和社会发展的危害。

王安忆（1954—）1985年创作的《小鲍庄》也对传统文化中某些观念、意识作了深刻的反思。人人都很“仁义”的小鲍庄长期遭洪水侵害，十分贫穷，但小鲍庄的人却以他们的“仁义”为自豪。他们在封闭保守的环境里自在地生活着，却又总是笼罩在一层无奈的灰色里。而就在作为仁义化身的少年捞渣死了以后，整个小鲍庄却因他而得福，奇迹般地开始了新生。这一结局隐含了作者对于民族传统文化正反两面性的思考。

思考题

1. 什么是寻根文学？《棋王》的寻根意识表现在哪里？
2. 阿城是从哪些方面来描写王一生这个人物形象的？
3.《棋王》的写作风格有什么特点？表现在哪些方面？
4. 80年代中期的寻根小说在对待传统文化的态度上有什么差别？

第十二章 莫言与《红高粱》

莫言，1955年2月17日出生，原名管谟业，山东高密县人。中国当代作家，2012年诺贝尔文学奖获得者。

第一节 莫言小传

莫言出生在山东省高密县大栏乡的一个农民家庭里。解放初期，他的家庭成分被划分为上中农[①]，这使得他们一家在极“左”的年代里受到歧视，以至于在经济极其困难的时期，连领取政府救济粮的资格都没有。经济上的贫困与政治上的受歧视，给少年时代的莫言留下了难以忘怀的痛苦记忆，而父亲对他过于严厉的管束也使他饱受压抑，多种心理特征对他后来的小说创作产生了极大的影响。

莫言6岁时进学校读书，小学三年级时就读了《林海雪原》《青春之歌》《钢铁是怎样炼成的》等小说，这是他最早受到的文学启蒙。小学五年级时，正赶上“文化大革命”爆发，他被迫辍学回家，整天放牛割草，空闲时读读《三国演义》《水浒传》等古典名著，没有书可读的时候只好读《新华字典》。

① 也叫富裕中农。20世纪40年代末50年代初的“土地改革”运动中，对那些生活较为富裕，或者有时雇人帮助自己劳动、有轻微剥削行为的农民所划定的阶级成分。

莫言

1974年，18岁的莫言到高密县棉油厂当了一名临时工。1976年8月参军，成为驻扎在渤海边的一名军人，除了站岗之外，还要喂猪、种菜。1979年，莫言被调到解放军总参谋部，担任保密员、政治教员、宣传干事等职务。

1981年，莫言开始了小说创作，并在河北保定市的双月刊《莲池》第5期上发表了他的第一篇短篇小说《春夜雨霏霏》。接下来的两年多时间里，他又陆续发表了短篇小说《丑兵》《为了孩子》《售棉大路》《民间音乐》《岛上的风》《雨中的河》等，得到了孙犁、徐怀中等著名作家的赏识，于1984年秋天进入解放军艺术学院文学系学习。

1985年春，莫言在《中国作家》第二期上发表了中篇小说《透明的红萝卜》，引起了极大的反响。这篇小说没有采用一般人所熟悉的写实方法，而是将现实和非现实的描写融合在一起，形成了一种独特的小说形式。对于黑孩这个主人公，莫言也没有进行传统的性格描写，而是着重表现了他身上那种强烈的神秘色彩和超凡的灵气，以此象征中国农民在任何严酷环境下仍然能够生存下去的顽强生命力。《透明的红萝卜》这一独特的主题和表现形式在80年代的小说创作中可谓独树一帜。

1985年，莫言开始在《收获》《钟山》《人民文学》等著名刊物上发表了一系列中短篇小说:《球状闪电》《金发婴儿》《爆炸》《枯河》《老枪》《白狗秋千架》《大风》《三匹马》《秋水》等。

1986年，《人民文学》第三期发表了莫言最著名的中篇小说

《红高粱》，立刻引起了轰动，被读者评选为《人民文学》1986年“我最喜爱的作品”第一名。同年夏天，莫言与张艺谋合作，把这部小说改编成电影剧本。电影版的《红高粱》获得了第38届柏林电影节金熊奖。

1987年，莫言的中篇小说《欢乐》《红蝗》发表，因为强烈的个性色彩和大胆的写作风格而受到广泛的批评。1988年，莫言发表了两部长篇小说《天堂蒜薹之歌》和《十三步》。同年9月，莫言考入北京师范大学鲁迅文学院创作研究生班，并于1991年毕业，获得文艺学硕士学位。1989年3月，莫言的短篇小说《白狗秋千架》获台湾《联合报》小说奖。

90年代以后，莫言仍然保持了旺盛的创作力，不断地有中短篇小说问世，还创作了《丰乳肥臀》《酒国》《檀香刑》《四十一炮》等著名长篇小说。其中，《丰乳肥臀》于1997年获得第一届“大家文学奖”；《酒国》法文版获2001年法国“Laure Bataillin”外国文学奖；《檀香刑》获台湾《联合报》2001年十大好书奖和2002年的“鼎钧文学奖”。

2004年3月，莫言获得了法兰西文化艺术骑士勋章，4月又获得“华语文学传媒大奖·年度杰出成就奖”，同年12月获得第30届意大利NONINO国际文学奖。2005年12月，莫言被香港公开大学授予荣誉文学博士的头衔。2006年7月7日，莫言又获得日本福冈市政府颁发的“第十七届亚洲文化奖”，成为继巴金之后获得这项荣誉的第二位中国作家。

2012年10月11日，莫言获得瑞典文学院颁发的“诺贝尔文学奖”，成为第一位获得这项顶级荣誉的中国籍作家。“诺贝尔文学奖”评委对莫言的评语是：“用魔幻现实主义的写作手法，将民间故事、历史与当代社会融为一体。”还将他的作品和美国小说家福克纳及哥伦比亚魔幻现实主义作家马尔克斯相提并论。这不仅是莫言个人的荣誉，也是整个中国当代文学的荣誉。

第二节　中篇小说《红高粱》

莫言是新时期文学领域里具有非凡活力的作家之一，他在二十多年的写作生涯中，创作了大量优秀作品，其中很多重要作品都被翻译出版。曾获得过第四届全国中篇小说奖的《红高粱》是莫言最有影响力的作品，在 2000 年《亚洲周刊》评选出来的一百部中文经典作品中，它名列第十八。

据莫言说，《红高粱》的创作灵感来源于一次关于战争文学的讨论会，就在那时，他开始构思一部关于战争的小说。他首先想到的是自己的家乡。抗战时期，莫言老家所在的村庄有一个邻村，那里的村民攻击了日本侵略军，于是日军准备报复这个村庄。但是日军却因为一个行人指错了方向而把另一个村庄的一百多人全部杀害了。这个故事便成了《红高粱》里的一个重要情节。此外，莫言的家乡有着成片的野高粱地，为那些强盗土匪们提供了天然的保护。莫言就把这样一片高粱地作为故事的舞台，来描写一段战争年代的故事。

莫言代表作《红高粱》

《红高粱》的故事由两条情节线索构成：一是民间的抗日武装队伍伏击日军汽车队的前后过程；二是“我爷爷”余占鳌与“我奶奶”戴凤莲的爱情故事。

“我爷爷”余占鳌本是个轿夫，在“我奶奶”戴凤莲出嫁的时候为她抬轿子。一路上，余占鳌与其他轿夫按照乡规给新娘“颠轿”，把轿子摇来晃去，不停地“折腾”新娘。“我奶奶”戴凤莲被颠得受不了，放声大哭起来。

余占鳌对“我奶奶”顿时产生了怜爱之情，他悄悄把“奶奶”露在轿子外面的脚放回到轿子里。

迎亲的队伍走到蛤蟆坑时，突然冲出一个想抢劫花轿的土匪，余占鳌受到“我奶奶”眼神的鼓励，带头冲出去，把那个劫匪杀掉了。

这是“我爷爷”跟“我奶奶”的第一次见面。那时候的他们全身上下洋溢着旺盛的生命力，“爷爷”身强力壮，天不怕地不怕；16岁的“奶奶”年轻美丽，“走起路来双臂挥舞，身腰拨动，好似风中招飐的杨柳”。那时的“奶奶”满怀着对幸福婚姻的憧憬，可贪财的父亲为了一头骡子，就把她嫁给了乡里富有的单家，而单家的儿子单扁郎却是个得了麻风病的丑陋男人。新婚之夜，“奶奶”手握剪刀，一步也不许那个相貌可怕的丈夫靠近。

三天之后，“奶奶”按照乡俗跟着父亲回娘家。半路上，突然冲出一个大汉，把“奶奶”劫走，抱进了高粱地里，这个大汉就是余占鳌。“爷爷”“奶奶”这两个年轻的生命就在那块高粱地里怀着热烈的激情结合，共享性爱的欢乐。“我父亲”就是他们这场欢爱的结果。

“爷爷”送走“奶奶”，回去就把单家父子杀掉，正式当了一名土匪，并从此成为“奶奶”真正的丈夫，而“奶奶”年轻的生命也像一朵鲜花一样盛开了。

“我父亲”豆官9岁的时候，日本人来了。“爷爷”“奶奶”以及众村民的生命又跟抗战联系在了一起。“奶奶”家的长工罗汉大爷为了保护奶奶和她的家产，被日本人抓住。日本人在高粱地里用最残忍的“剥皮”方式杀害了罗汉大爷。

“奶奶”决定为罗汉大爷报仇。她端出洒了血的酒让当了土匪司令的“爷爷”喝下，然后就一起去伏击日本鬼子。战争非常惨烈，“爷爷”带领民间武装队用土枪土炮跟鬼子拼杀。“奶奶”在给武装队送饼的路上中了枪弹，临死前，她仰望着天空，感谢上天让她这样痛快地活了一生。

第三节　《红高粱》的反传统意识

《红高粱》是一部最能反映莫言小说风格的代表作。谈到这部描写战争的小说之所以能引起巨大反响，莫言认为，这是因为这部出现在80年代中期的作品正好符合当时中国人的一种共同的心态，即在长期的政治压力下，个人自由受到极度的压抑之后，人们都希望能够很好地释放自己的真实情感和思想，而《红高粱》里所张扬的那种个性解放、自由精神以及敢想敢做、痛痛快快的生存状态，正好准确地表达了人们这种普遍的理想。这也使《红高粱》从整体上流露出强烈的反传统意识。这种反传统意识主要体现在以下几个方面：

一、对传统叙事角度的反叛

莫言认为，小说家的创作不是复制历史，而是应该表现历史对人类灵魂和人性的影响。因此，《红高粱》抛弃了革命战争小说的传统视角，完全站在民间的立场来叙述这场抗日斗争。

从情节上看，小说里的抗日组织既不是共产党领导的军队，也不是国民党领导的军队，而是一支民间自发组织的土匪军队，连其中的爱情故事也是不符合传统道德规范的。作者全部的笔墨都用来描写高密东北乡的各种野性故事。无论是余占鳌杀死单家父子、劫走戴凤莲，还是他正式当土匪，都充满着原始的激情和自由的生命力，表现出乡野世界对性与暴力的迷恋。甚至连余占鳌的土匪武装队在胶平公路上对鬼子发起的一场伏击战，也被还原成一场为生存而自发反抗的战斗，这就淡化了对革命历史的传统叙述中惯有的政治色彩。

从小说塑造的人物来看，《红高粱》重点描写的不是理想的英雄人物，而是农民、工匠、土匪这样的普通民众，尤其是余占鳌，他既是土匪，又是英雄，既粗野、狂暴，又多情、侠义。“我奶奶”戴凤莲也不是传统意义上的贤妻良母，不是安守妇道、三从四德的温柔女子。她美丽、能干，奔放而有活力，浑身上下洋溢着旺盛的情欲和野性。“什么事都敢干，只要她愿意。”她不屈服于命运，新婚之夜用一把剪刀来捍卫自己的尊严。当她喜欢的男人把她抢到高粱地里时，她没有半点的羞耻与恐惧，她把四肢张开成一个“大”字，痛痛快快地释放自己的激情和欲望，大胆地接受了这个强壮的男人带给她的欢爱；罗汉大爷被日本人剥了皮，残忍的景象让她痛恨不已，不杀日本鬼子她就无法安宁。她端出血酒让自己的男人喝，又让儿子跟着余占鳌去打仗，为罗汉大爷报仇。她甚至亲自上战场，为打仗的男人们送饼，最终死在战场上。她的生存状态完全违背传统道德对女性的要求，但却符合一个自然生命的需要。

莫言在情节和人物上的大胆叙述超越了传统政治意识的制约，为读者打开了一个崭新的民间视野，显示了他对传统小说写作方式的叛逆。

二、对先辈们原始生命力的赞美和歌颂

《红高粱》中的主人公们是一群粗野、狂暴的土匪、流浪汉，无论是“我爷爷”，还是罗汉大爷，他们身上都充满了一种无拘无束的叛逆精神，体现着生命最原始的欲望和需求。他们不是理想的英雄，却是最真实、质朴、自然的生命。他们在原始生命力的驱动下，恋爱、生育、杀人、抢劫、抗敌、牺牲。他们为生命的自由而活，又为生命的自由而死，他们是生命意义上的“英雄”。

莫言在写作《红高粱》时曾经感叹说，先辈的所作所为“使我们这些活着的不肖子孙相形见绌，在进步的同时，我真切感到种的

退化”。在《红高粱》的叙述人称中有三代人:“我爷爷”余占鳌,“我父亲”豆官,“我”。这三代人从生命力的角度看,是一代不如一代的。“爷爷”是充满野性和勃勃生机的土匪头子。到了“父亲”这一代就已经弱了很多,他在跟一群癞皮狗的战斗中被伤到了生殖器,这意味着他的雄性力量已经大大减弱。而到了“我”这个现代社会的文明人这里,则只剩下满脑子僵化的理性思维和一副虚弱无力的身体了。这说明,莫言对父辈们的生命力的赞美中还包含着一种对现代文明的批判。他一面讲述“我爷爷”“我奶奶”敢爱敢恨、敢做敢当的豪气,以及自由自在、无所畏惧的生活方式,一面觉得“我”这一代人缺乏生机,活得拘束。

正是因为对“现代人”的生命状态的不满,作者才用大量的笔墨去赞美先辈们强悍、豪放的生命力量和质朴、强健的生命之美。也许这种生命状态不一定真实存在,但却符合作者的理想,是现代人应该追求的。

第四节　《红高粱》的艺术创新

《红高粱》不但超越了传统历史题材小说的叙事模式和人物塑造模式,还在叙事人称、写作技巧、语言运用等方面有了很大的创新和突破。

一、叙述故事的人称

《红高粱》的叙事人称很有特点,主要以“我爷爷”“我奶奶”来叙述故事,与第一人称“我”和第三人称“他”“她”结合在了一起。这种方式有利于作者从全方位的角度来观察、叙述整个故事的进展。

一方面，“我爷爷”“我奶奶”所生活的时代早已不存在，但借助“我”与祖辈的联系而再现出来，这本身就容易令读者产生某种亲近与好奇感，这跟传统的第三人称或第一人称叙事的小说有很大的不同。

另一方面，“爷爷”“奶奶”的故事是由“我”来讲述的，“我”成为了整个故事的控制者，这使得故事在情节的可靠性上发生了动摇，而这或许正是作者的目的，他正是试图用一种并不一定真实的强悍人性和生命力量来跟现代人的退化、弱化进行对比，借此唤醒人们失去已久的原始生命力。也正是因为这样，作者可以轻易地把自己的思绪、幻想、理想等成分合理地插入到小说的叙述中，成为故事的一个部分。而同时，理想与现实的距离和冲突也就在读者面前充分地暴露出来，达到了一种独特的效果。

二、现代派技巧的运用

莫言在80年代中后期曾经深受美国作家福克纳和拉美作家马尔克斯的影响，他在《红高粱》以及后来的小说中大胆地借用了福克纳对美国南方生活的艺术表现手法，以及马尔克斯魔幻现实主义小说的情节结构方式。

在《红高粱》中，莫言打破了一般小说按照时空顺序或逻辑顺序来安排故事情节的传统，完全由自己的感觉来引导，让故事的叙述者“我”在现实与历史之间自由来往，使得原本完整的故事情节变得支离破碎，时空顺序完全被打乱。不过，虽然故事情节被淡化，叙述方式也显得自由散漫，却因为受到作者的感觉和情绪的引导而显出独特的生机，与作者想要展示的理想精神非常相符。

《红高粱》的现代主义技巧还表现在大量象征和隐喻的运用上。像森林一样密布的野生红高粱就是一个鲜明的意象。小说的名称和第一章的标题都叫“红高粱”，突出了作品中无处不在的红高粱的意

象:“爷爷”“奶奶”是在红高粱地里孕育了“我父亲”，鬼子杀死罗汉大爷是在红高粱地里，“奶奶”家的酿酒厂造的也是高粱酒……到处都弥漫着红高粱的气息。这红高粱既是高密东北乡人赖以生存的物质食粮，又是他们活动生存的空间，更是他们精神的象征。红高粱那勃勃的生机和百折不挠的精神，就像生长在这片土地上的人们一样，强壮、挺拔、坚韧、无畏，充满野性和旺盛的生命力。

三、语言的运用

莫言在《红高粱》中充分展示了他驾驭语言的超凡能力。

首先，他在语言的运用上追求自由创造的快感，以至于常常偏离语言的常规，甚至道德、文化的约束。《红高粱》中有许多描写性与暴力、酷刑与死亡的情节，如高粱地里狂风暴雨般的男女性爱；“我奶奶”那充满诱惑的肉体；罗汉大爷被活剥人皮的细致场景；“奶奶”被日本人的子弹打中的情形等等，都是充满狂野情绪或刺激读者神经的场面。莫言对这些场面的描写可以说是恐怖、刺激和震撼的，有时甚至达到了令人恶心、呕吐的程度，因此曾经被人形容为“屎尿横飞”的语言。但莫言自己的说法是:“为了要写大的气魄，在很多地方都不管语言是否规范，情之所至，任其自然、往下写去……”

其次，莫言重视感觉的表达。他大胆地运用了丰富的比喻和通感等修辞手法，使语言在表面上呈现出夸张、神奇、艳丽的视觉特点。

莫言的比喻往往是色彩鲜明、意识流动、情绪跳跃，甚至违背常规的。比如，小说中对“我奶奶”的描写:“奶奶鲜嫩茂盛，水分充足。”用植物的形象来描写人，生动地表达出了“奶奶”那时的青春美貌，娇艳诱人。“奶奶”中枪倒下后，“我父亲”的“身体弹到堤上”，用一个“弹”字表达出了鲜活的画面感：父亲心急如焚、惊恐万分地朝自己的母亲奔过去……

莫言的通感手法，总能形象地描摹事物，给人感官上的刺激。例如，“我爷爷”余占鳌在“奶奶”的丈夫家放火制造混乱，并准备杀掉单家父子时，从西边房间里传出一个“湿漉漉的带着霉烂味儿的声音”，把麻风病人单扁郎身上的潮湿与溃烂跟他的声音混合在一起，使得触觉、嗅觉、听觉合为一体，让读者真实地感受到单扁郎的病态和可怕的气息。

因此，莫言的《红高粱》又被认为是“感觉派”小说的代表。

第五节　80 年代后半期的先锋小说

80 年代中期，与寻根文学同时兴起的还有先锋派小说。刘索拉、徐星、莫言、残雪、马原、余华、苏童、格非、孙甘露等人在小说内容和文体形式方面的大胆探索和创新，改变了人们对传统小说的一贯印象。

刘索拉（1955—），1985 年的《你别无选择》是“先锋小说”的重要代表，描写了音乐学院一群青年学生孤独、无聊、空虚的精神状态，他们虽然感到普遍的压抑和迷惘，但仍然具有创作的激情和需要，仍然追求自我价值的实现。小说借鉴了二战后流行欧美的黑色幽默手法，用玩世不恭的心态嘲笑和讽刺了现实，传达出了一部分青年面对传统势力的无奈和骚动。

徐星（1956—），1985 年的《无主题变奏》叙述了一个年轻大学生的生活和爱情。他对什么事都提不起兴趣和热情，因而退学去当了一名饭店服务员。他老是用一种超然的心态看待日常生活的一切，处处发现滑稽、可笑的事物。于是他嘲笑世事、嘲笑常规、嘲笑学问、嘲笑平庸、嘲笑严肃，也嘲笑自己。

刘索拉和徐星对西方现代思潮的接受主要表现在思想主题的层

面上，到了残雪这里，则表现为莫言式的感觉形象鲜明的特点。

残雪（1953—），1985年的《山上的小屋》和1986年的《苍老的浮云》阻断了传统读者对令人愉悦的小说形象的期待，描绘出了一个个疯狂、怪异、神秘、血腥的意象，组成了一个逼真、鲜明、令人恐惧的世界。《苍老的浮云》中，女主人公虚汝华厌恶丈夫的恶俗，但她采取了一种忍受的态度。她生活在自己的心灵世界里，不理会别人的看法，她的沉默掩盖了她的智慧。残雪的小说触及人的灵魂深处，写出了人们内心的丑陋。

从马原的《拉萨河女神》《冈底斯的诱惑》开始，先锋小说一致地表现出对叙事美学和语言美学的追求。如余华的《一九八六年》打破了传统小说的叙事模式，对事件进行了切割和延伸；苏童的《一九三四年的逃亡》打乱了线性发展的历史时间，把事件与人物变成了一块块碎片；孙甘露的《我是少年酒坛子》在文体上打破了小说与诗歌的界限，创造了反小说的修辞游戏；格非的《褐色鸟群》于虚构之中再虚构，颠覆了传统小说的叙事角度，模糊了真实与虚构之间的界限，使小说呈现出既非虚构又非写实的状态。

马原（1953—）的小说没有确定的思想内容和意义，他的关注点在于叙事、在于形式、在于如何处理故事。他竭力在小说叙事过程中表现出对传统小说原则的破坏。比如在《拉萨河女神》中，马原常常向读者交代自己的写作方式；在《冈底斯的诱惑中》里跟读者讨论自己小说的技术性问题；在《虚构》《拉萨生活的三种时间》和《叠纸鹤的三种方法》中，“马原”成为了马原的叙述对象，甚至还被小说中的人物反过来叙述，似乎也成了一个被虚构出来的形象。马原还常常把毫不相干的几个故事片断拼在一起，依靠有序或无序的排列组合成一篇小说，使读者无法依靠经验从中寻找意义，从而创造出一种全新的阅读体验。

先锋小说的创作意识明显受到西方现代派文学思潮和创作手法的影响，同时也为当时乃至90年代的文坛带来了小说观念的革命。

思考题

1.《红高粱》的反传统意识表现在哪些方面？

2.《红高粱》在叙述人称上有什么特点？

3. 莫言在语言运用方面有什么特点？请举例说明。

4. 以马原为例，谈谈先锋小说的主要特点。

中国当代文学发展第二阶段
（1990—2000）

概　　述

90年代是中国文学的转型期。一方面，随着市场经济形式的日益发展，政治上对文学的管制越来越放松；另一方面，大众传媒在不断发展，世俗文化的娱乐性、休闲性越来越强，文化逐渐成为一种普通的商品，文学不再是人们精神生活的中心。在这样的形势下，文学开始表现出极大的包容性和自由性，同时也显示出了商品化和追求利润的倾向。

90年代初期，方方的《风景》，拉开了"新写实主义"的序幕。新写实主义突破了描写戏剧性情节和典型人物的传统现实主义手法，专注于描写生活中平凡的内容、再现生活原本的模样。看似平淡如水的生活琐事，却呈现了最真实、自然的生活面貌。池莉的《生命三部曲》和《冷也好热也好活着就好》，刘震云的《一地鸡毛》，刘恒的《狗日的粮食》，叶兆言的《艳歌》《关于厕所》，苏童的《离婚指南》等作品，是新写实小说的代表作。

反思"历史"，是90年代文学创作的另一个主题，但立场和深度都跟80年代有所不同。作家们描写的并不是重大的历史事件，而是将历史事件作为背景，来描写个人或家族的命运。从90年代初期起，陈忠实、叶兆言、尤凤伟、刘震云、余华、苏童、格非等人的新历史主义小说，涉及了"文革""反右"或者整个20世纪以及更广阔时空的

中国历史。

90年代的文学创作脱离了80年代集体性、政治化的背景，表现出了很强的独立性。用个人的经历、体验、感受来组织小说的内容，也成为一种写作的常态，这就是所谓的“私人写作”。采用这种写作方式的作家以女性群体为主，陈染、林白等女作家的自传体小说通过描写女性在转型社会中的情感、欲望，表达了对传统秩序的怀疑，以及对女性主义的张扬。70年代出生的女作家卫慧、棉棉是“私人写作”的极端化代表。

日益突出的社会“新”现象，如都市生活、大众娱乐、市民趣味等，也是90年代文学的主要表现内容；一些传统体制之外的人物，如都市白领、个体老板、普通市民、自由职业者等，也迅速成为了文学的重要描写对象。

在90年代日益商业化、自由化的社会环境中，文学面临着前所未有的挑战。部分作家对于文学中人文精神、道德理想的缺失，表现出了深深的担忧。他们一方面写文章批评，一方面在创作上不同程度地表达了关注精神世界和批判现实问题的主题。张承志的《心灵史》、张炜的《家族》、韩少功的《马桥词典》、史铁生的《务虚笔记》、王安忆的《乌托邦诗篇》等长篇小说表现了这类思想主题。

散文创作在90年代获得了新生。一方面是周作人、梁实秋、林语堂等现代散文名家的旧作重印，另一方面是开放性、多元化散文的创作。以贾平凹、余秋雨等人为代表的是“大散文”。“大散文”的概念由贾平凹提出，他呼吁散文走出狭小、苍白的老路，写出具有现实感、时代感和真情实感的真散文。余秋雨的《文化苦旅》、周涛的《游牧长城》等是这类文化大散文的代表作。以上海、广州两地的素素、南妮、黄爱东西、张梅等女作家为代表的是“小女人散文”。这类散文多数描写都市女性的时尚生活、闲适情调和琐碎情绪等，充满女性独特的敏感和直觉，具有当代女性的个人化色彩。

进入90年代以后，新诗的热潮减退，读者人数减少，诗人地位也受到一定动摇。不过，90年代的诗歌仍有若干新气象，表现为第三代诗人、女性诗歌和网络诗歌的发展。第三代诗人是80年代先锋诗歌的延续，具有对传统诗歌的反叛精神；女性诗歌从女性生命、女性追求等不同角度思考和探索女性意识；网络诗歌则是90年代中后期的诗坛新现象，与一般诗歌相比，它们改变了诗歌交流方式的限制，增加了诗歌的传播途径。

网络不仅造就了诗歌，更成就了小说。1998年夏天，一篇名为《第一次亲密接触》的网络小说在台湾的某个电子公告栏（BBS）上发布，立刻轰动了海峡两岸，小说主人公“痞子蔡”与“轻舞飞扬”的网名随即成为90年代末的热门话题，作者蔡智恒也成了网络红人。1998年9月，《第一次亲密接触》从网上走到网下，由台湾红色文化出版社正式出版；1999年11月，又由北京的知识出版社出版，销售量名列前位；2000年和2004年还先后被拍成了电影和电视剧。从1999年开始，更多文学网站的成立，为网络文学的作者们提供了广阔的创作舞台。进入21世纪，网络技术日益成熟和普及，越来越多的人开始在网上阅读和写作，新的网络作家层出不穷。今何在、李寻欢、慕容雪村、安妮宝贝、萧鼎等著名的网络作家及他们的作品《悟空传》《迷失在网络与现实之间的爱情》《成都，今夜请将我遗忘》《告别薇安》《诛仙》红遍了中国的网络世界。

网络文学是一种前所未有的文学样式，它以网络为载体，把技术手段与文学精神结合在一起，成为一种传播速度极快、范围极广的创作形式。它虽然具有娱乐化、商业化的特点，但不可否认的是，在题材、主题、艺术的尝试方面，网络文学与传统文学一样广泛、严肃；它的写作方式和阅读方式对于传统文学而言，更是一种巨大的挑战和变革。因此，网络文学具有划时代的意义，是一支不可忽视的文学力量。

第十三章　苏童与《妻妾成群》

苏童，1963年1月23日出生于江苏苏州，原名童忠贵。中国作家协会江苏分会驻会专业作家。

第一节　苏童小传

苏童是笔名，来源于作者的出生地苏州和他的姓。苏童的童年时代是在苏州城北一条古老的街道上度过的。据他自己说，他的许多小说都是依据这段生活而写成。苏童小时候家境贫困，从来没有机会接受艺术的熏陶。但是他的二姐喜欢文学，经常把许多文学名著借回家，于是他就等姐姐看完之后再抓紧时间看。所以那时的苏童就养成了快速读书的习惯，可以在一个下午的时间里读完一本《复活》或者《红与黑》。因为这些书，苏童没有像他那个年龄的许多街头孩子一样沾上恶习，而是常常静坐在家中，进行文学的幻想。

苏童

中学时代的苏童学习很好，尤其是作文，常常得到老师的表扬，还被推荐参加竞赛或

展览。放学后他就开始写诗歌、散文，甚至还给报社投过稿。

1980 年，苏童考入北京师范大学中文系，离开了苏州这个典型的南方城市，开始了全新的生活。在大学求学的这四年，是他最充实、最自由，并吸取了大量文学营养的时期。在这期间，他把大量的时间花在阅读小说和文学杂志上，同时也拼命地创作诗歌、小说，四处投稿，终于在 1983 年获得成功。这一年的《青春》诗刊和《飞天》分别发表了他的四首诗歌，《星星》和《百花园》则分别发表了他的两篇小说。他尝到了成功的喜悦，从此确立了要当作家的理想。

1984 年，苏童大学毕业后分配到南京艺术学院当辅导员。这一年，他仍然继续进行文学创作，并写出了第一篇他自己真正满意的小说《桑园留念》。

1985 年年底，苏童经朋友推荐，进入著名文学杂志《钟山》编辑部当了一名编辑。1986 年下半年，著名文学刊物《十月》和《收获》分别发表了他的两部短篇小说。从此以后，他的作品就开始源源不断地在《上海文学》《北京文学》《解放军文艺》《收获》等引人注目的刊物上发表，其中就有他的第一部中篇小说《一九三四年的逃亡》。1989 年年底，中篇小说《妻妾成群》在《收获》上发表，给苏童带来了极高的声誉。1991 年，苏童成为了江苏作协的专业作家。

二十多年来，苏童保持了旺盛的创作力，中短篇小说和长篇小说的数量多达一百几十篇，主要出版物为江苏文艺出版社的《苏童文集》（八卷）和上海文艺出版社的《苏童作品系列》（十一卷）。其中影响较大的作品有《一九三四年的逃亡》《罂粟之家》《妻妾成群》《红粉》等中短篇小说，及《我的帝王生涯》《米》《武则天》《城北地带》等长篇小说。《妻妾成群》《红粉》《米》《妇女生活》等小说还分别被改编为《大红灯笼高高挂》《红粉》《大鸿米店》《茉莉花开》等电影，《我的帝王生涯》《米》《妻妾成群》则被翻译成英、法、德、意等多种文字在国外出版。

第二节　中篇小说《妻妾成群》

19 岁的颂莲是个女大学生。上了一年大学后，她父亲经营的茶厂倒闭了，父亲自杀，家里没有钱负担她的费用，颂莲只好回到家里，由继母安排，嫁给富有的商人陈佐千，做了他的第四个太太，从此加入到旧式家族“妻妾成群”的人际关系中。

陈佐千的大太太毓如年老色衰，整天在佛堂里念经。二太太卓云对初进陈家大门的颂莲和善热情。三太太梅珊是个唱戏的，性格大胆泼辣。

苏童代表作《妻妾成群》

颂莲身上的女学生气质让陈老爷很觉新鲜并着迷，他天天都在颂莲的房间里过夜。颂莲虽然很受陈佐千宠爱，日子却过得并不太平。大太太阴沉而冷淡；二太太表面热情，心地却十分狠毒；三太太常常夜里让丫头来敲颂莲的房门，以生病为由把陈老爷叫走。颂莲在这种钩心斗角的环境中很受压抑，常常仗着受陈老爷宠爱而跟他发脾气。

有一天，颂莲听见陈家大儿子飞浦在吹箫，想起自己也有一支父亲留下来的箫，就在衣箱里找，却怎么也找不到。颂莲以为是丫头雁儿藏起来了，就到她的衣箱里去搜，没想到却找出一个布做的人偶，样子很像颂莲，身上还写着颂莲两个字，胸口插了三根针。原来这是一种巫术，专门用来咒颂莲早死的。颂莲愤怒极了，但她突然想到雁儿并不识字，不可能会写“颂莲”两个字的，于是狠狠逼问雁儿，这

才知道是二太太叫雁儿干的。

颂莲又惊又恨，但她什么也没对陈老爷说，只是问老爷箫是不是被他拿走了，陈佐千承认了，并说他以为那支箫是颂莲大学时的男同学送给她的，所以就烧掉了。这天晚上，颂莲伤心痛哭，惹怒了陈佐千。从那以后，陈老爷来颂莲房间的次数就越来越少了。二太太很得意，就到颂莲的房里来请她为自己剪个女学生的头，颂莲趁机剪伤了二太太的耳朵，从此跟她不再来往。

只有大少爷飞浦与颂莲一见如故，常常来看望她，跟她聊天。三太太梅珊虽然嘴巴厉害，但也是个心直口快、没有什么坏心眼的人，有时还会拉颂莲一起打麻将。也就是在打麻将的时候，颂莲惊讶地发现梅珊跟医生有私情。

陈佐千很少到颂莲这里来，颂莲无人陪伴，孤独难熬，一个人借酒浇愁。陈老爷看见她醉酒的样子，更加厌恶她了。飞浦从外地做生意回来，又来看望颂莲，颂莲借着酒劲向飞浦暗示了自己对他的感情。可是飞浦却不敢接受，无论是生理上还是心理上，他对陈家的女人都有一种强烈的畏惧感。颂莲痛苦绝望，在陈家度日如年。

有一天，梅珊出门去跟医生约会，却被二太太卓云带人捉住，捆绑回来。颂莲替梅珊求情，陈佐千却说一切要照规矩办。半夜里，颂莲突然惊醒，她看见梅珊被几个家丁抬着扔进了水井里。颂莲放声大叫“杀人、杀人”，她被吓疯了。

第二年的春天，陈佐千又娶了第五个太太。

第三节　《妻妾成群》的新历史主义

苏童 1987 年发表《一九三四年的逃亡》时，被文学批评界看成是“先锋派”小说的主要作家。到了 80 年代末 90 年代初，随着先锋作家

根据《妻妾成群》改编的电影《大红灯笼高高挂》的拍摄地——山西乔家大院

的创作渐渐从“形式”上的革新转向“历史”的话题，苏童的风格也从 1989 年以后有所改变。作为新历史主义小说的代表作家之一，苏童在 90 年代前后仍取得了突出成就，中篇小说《妻妾成群》就是“新历史主义”小说最精致的作品之一。

一、新历史主义小说的概念

新历史主义观点是由美国学者斯蒂芬·葛林伯雷于 1982 年提出来的，是对特定历史时期的社会、政治、文化、心理等现象重新解释、修正的新历史观。这一观点从 80 年代末开始，深刻地影响了中国的理论界，也深刻地影响了当代文学的创作，以致在中国文坛形成了一股新历史主义小说的创作潮流。

在新历史主义思潮的影响下，作家们抛开现有的一切历史观，站在起点上重新思考历史。他们普遍地对历史的真实性产生怀疑，对现有的历史观点持否定和嘲笑的态度。他们用新的视角关注历史，认为

历史其实是混乱和虚幻的，充满了偶然性、神秘性和不可知性。与传统历史小说关注国家兴衰这类重大主题不同的是，新历史主义小说更重视表现家族和个人的悲欢，更注意表现细微处的真实。不过，他们并不以真实人物和事件为背景来叙述历史故事，而是把虚构的人物和事件放入某一个历史时期中，用历史的形式来表现人类的灾难、死亡、毁灭、痛苦等主题，用历史的眼光来看待人类的生存方式和生存困境，揭示人类命运的悲剧性，并表达当代人的思想情感和人生态度。

二、《妻妾成群》的新历史主义特征

《妻妾成群》表面上是一个很古典的悲剧故事，女大学生颂莲嫁入陈家做了四姨太，慢慢地融入了陈家太太们争风吃醋的争斗中，亲眼看着这些女人一个一个的悲惨下场，最后自己也变成了疯子。

但是跟一般反封建、反传统主题小说不同的是，颂莲跟她同时代的五四新青年相反，她几乎是自愿地进入这个旧式大家庭，甘心成为旧式婚姻的牺牲品。她所受的教育和她果断、好强的性格使她深得陈佐千的宠爱，也使她不可避免地加入到女人之间的钩心斗角中。然而，她清纯的学生气质和文化修养却没有帮助她成功地战胜其他太太，而是最终把她拖向了一个无法挽回的悲剧结局。

小说的情节在颂莲的个性、欲望与她的生存环境之间的冲突中展开。陈佐千的好色是一种古老文化的历史特征，也是颂莲不幸命运的源头。他娶了四房太太，试图从她们身上证明自己的男性力量，以掩盖他衰落、空虚的生活。然而他的性能力却大大衰退，这使得整个陈府里笼罩着一种无法言说的暧昧气氛。而陈佐千的儿子飞浦看似英俊潇洒，怜香惜玉，内心里却对女人和女人间的争斗充满了恐惧，以致从生理到心理，都丧失了对女性的兴趣。陈家父子的男性力量的衰退，预示着陈氏家族无法逃脱的悲剧性命运，也预示着夫权制度必然崩溃的可悲命运。

颂莲失宠以后，在阴郁、孤独的日子里日益感到生活的恐怖，她退回到了自己的内心世界，退出了与其他太太的争斗，却仍然没有逃脱悲剧的命运。她坚持探问那口古井的秘密，直到她亲眼目睹三太太梅珊的被杀，她的精神世界突然崩溃。颂莲的命运象征着现代文化的价值观与腐朽没落的传统文化的冲突。

第四节　《妻妾成群》的艺术特点

在谈到《妻妾成群》的创作时，苏童说：“当初写《妻妾成群》的原始动机是为了寻找变化，写一个古典的纯粹的中国味道小说，以此考验一下自己的创作能量和能力。我选择了一个在中国文学史上屡见不鲜的题材，一个封建家庭里的姨太太们的悲剧故事。这个故事的成功也许得益于从《红楼梦》《金瓶梅》至《家》《春》《秋》的文学营养。”的确，《妻妾成群》不仅有着惯常的古典悲剧式的情节、人物，在叙事风格和语言技巧上同样有着古典文学的痕迹。

苏童文集

一、古典的叙事风格

苏童说："'四太太颂莲被抬进陈家花园的时候是十九岁……'，当我最后确定用这个长句作小说开头时，我的这篇小说的叙述风格和故事类型也几乎确定下来了。"这就是"用老式的方法讲述一些老式的故事"。

《妻妾成群》中的情节、人物、场景几乎都能在旧式小说中找到对应物。比如陈佐千的好色与《金瓶梅》中西门庆的纵欲；四个太太及丫头之间的争宠与《红楼梦》中类似的情节；颂莲眼中陈家花园的春秋景致，人物之间的对话，飞浦与顾少爷的暧昧关系与《金瓶梅》《红楼梦》等古典名著的相仿之处等等，都显示了苏童对古典小说的合理模仿，以及对旧时代的逼真想象。

相应地，小说中的语言也是干净、从容、优雅的古典风味。比如颂莲梦见死去的丫头雁儿的一段叙述："夜里她看见了死者雁儿，死者雁儿是一个秃了头的女人，她看见雁儿在外面站着推她的窗户，一次一次地推。她一点不怕。她等着雁儿残忍地报复。她平静地躺着。她想窗户很快会被推开的。雁儿无声地走进来了，带着一种头发套子，挽成有钱太太的圆髻。颂莲说，你上哪儿买的头发套子？雁儿说，在阎王爷那儿什么都有。然后颂莲就看见雁儿从髻后抽出一根长簪，朝她胸口刺过来。她感觉到一阵刺痛，人就飞速往黑暗深处坠落。她肯定自己死了，千真万确地死了，而且死了那么长时间，好像有几十年了。"

尽管如此，在《妻妾成群》中，我们还是能够看到一些现代小说常用的手法，比如对颂莲内心世界的细腻刻画，或者在一长段话中不加标点等。不过这些并不妨碍小说在整体上呈现出古典风格的面貌。

二、女性形象的悲剧性

苏童特别擅长刻画女性形象，古典小说中常见的“红颜薄命”[①]，在他的小说中常常有生动的体现。《妻妾成群》正是一部以女性形象构造的小说，无论是大太太毓如，还是其他两个姨太太卓云、梅珊，她们共同的特征就是任凭命运的摆布，受制于男性权威的力量，承受着侮辱与被侮辱的命运，自己却毫无意识。而颂莲则跟她们有着质的区别。

颂莲的形象，具有苏童式的悲剧性审美特点。女大学生出身的颂莲，有着良好的女性意识和浪漫感觉，但这种愿望在腐旧的陈家大院里是个无法实现的梦幻。陈佐千只把她当作和其他太太一样的“玩物”，甚至还向她提出难以接受的性要求。陈飞浦懂得爱惜女性，可是他对颂莲的情爱却从生理到心理都无法回报。

跟其他女人不一样的是，颂莲很清楚自己的“玩物”地位，但她仍然渴望在陈家享有地位和荣耀，享有陈佐千专一的宠爱。如果不是犯了一些“偶然”的错误，颂莲的“希望”也许还会持续一段时间。颂莲当着大家的面亲了陈老爷的脸，竟遭到表面正经的陈佐千的呵斥；陈佐千擅自拿走颂莲父亲留下的箫并烧掉，颂莲伤心之余给了老爷“脸色”看；陈佐千在床上向颂莲提出变态的性要求，颂莲没有答应等等。这些“错误”似乎都符合颂莲那种自视甚高、心高气傲的性格特点，但却酿成了她最终被抛弃的命运。这种由偶然性因素造成人物悲剧命运的故事叙述角度，反映出作者对人生的悲剧性、尤其是特定时代女性的悲剧命运有着深刻而独到的认识。

颂莲喝醉酒时说的那些疯话，还有最后那句“杀人”的狂叫，表达了她内心对男性权力的深深失望。她主动放弃与其他太太们的争斗，沉入孤独凄凉的自我世界，却仍然逃脱不了被毁灭的命运。目睹梅珊

---

① 旧时代的说法，指女子容貌美丽但命运不好，如过早死去、丈夫早死或丈夫品行不好。

之死的颂莲在那一刻发出了惨痛的狂叫，最终变成了疯子。这一切都给人一种凄惨而艳丽的悲剧感。

三、阴冷潮湿的江南世界

苏童是苏州人，他笔下的小说世界也都是以江南为背景的。穿越久远的历史时空去描写陈旧年代的人和事，苏童依靠的是自己的童年经验、阅读经验和丰富的想象力。童年时代虚弱的身体，母亲与姐姐们的细心保护，培养了苏童细腻、敏感的心理和感情。卧床休养的时候，他以惊人的速度阅读了大量中外作品，这也培养了他时常沉浸在想象中的习惯。而江南的小桥流水、曲折小巷，还有湿润的气候、阴雨的天气，也进一步养成了苏童那种优雅而略带忧郁的审美趣味。

《妻妾成群》以陈家与世隔绝的深宅大院，阴冷恐怖的紫藤古井，几个女人的争风吃醋和两个男人的空虚无力，组合成了一幅独特的江南历史画卷，“走到井边，井台石壁上长满了青苔，颂莲弯腰朝井中看，井水是蓝黑色的，水面上也浮着陈年的落叶，颂莲看见自己的脸在水中闪烁不定，听见自己的喘息声被吸入井中放大了，沉闷而微弱。有一阵风吹过来，把颂莲的裙子吹得如同飞鸟，颂莲这时感到一种坚硬的凉意，像石头一样慢慢敲她的身体，颂莲开始往回走，往回走的速度很快，回到南厢房的廊下，她吐出一口气，回头又看那个紫藤架，架上倏地落下两三串花，很突然地落下来，颂莲觉得这也很奇怪。”

这口枯井在小说中多次出现，水是幽蓝色的死水，发着苍白的光，鬼影憧憧、虚幻莫测，结束了许多女人的生命，因而散发出死亡的气息。人物在幽深、古老的宅子里活动着，与潮湿的青苔、连绵的阴雨等背景融合在一起，处处散发出阴冷、神秘、腐朽、糜烂的气息。

第五节　新历史主义小说的其他代表作家

90 年代的新历史主义小说出现了繁荣发展的局面。陈忠实的《白鹿原》、叶兆言的《花影》《一九三七年的爱情》、尤凤伟的《中国一九五七》、刘震云的《故乡天下黄花》《故乡相处流传》《故乡面和花朵》、余华的《活着》《许三观卖血记》、格非的《敌人》《边缘》等，都是新历史主义小说的代表作。

陈忠实（1942— ），1993 年创作的长篇小说《白鹿原》曾经获得 1997 年第四届茅盾文学奖，被称为“民族灵魂的秘史”。小说以北方的白鹿村为舞台，白、鹿两家人物为主人公，展开了一幅长达半个世纪的时代画卷。在晚清政变、辛亥革命、军阀混战、日军入侵、国共内战等各个时期，白鹿两家之间发生着争权夺利、生存死亡、爱人成仇、兄弟相残的故事。作为儒家文化人格化的代表，白鹿村的族长白嘉轩是个善恶并存的人物，他坚信古训，维护仁义，替村民排忧解难，使白鹿村度过了一道道难关。但他同时也是封建宗法制家长的代表，是封建制度的维护者，性格具有冷酷无情的一面。

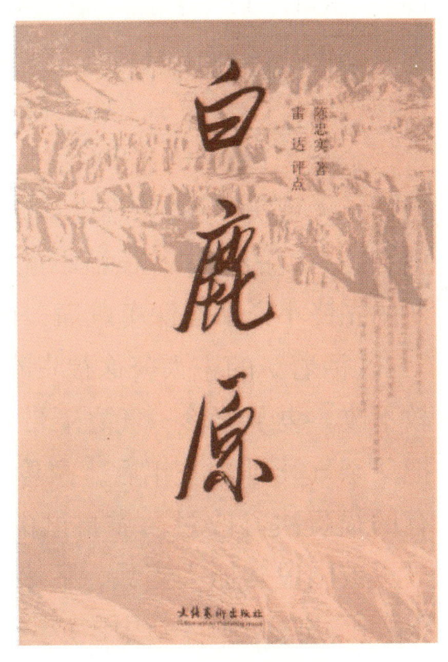

陈忠实代表作《白鹿原》

陈忠实既重视历史事实，又具备冷静客观的历史态度。他从民族利益的角度表现了传统文化、伦理道德与人的本性和社会现实的激烈冲突，深化了作品的主题。此外，《白鹿原》

的结构宏大，语言生动，具有强烈的象征意味。无论是在历史深度上，还是在艺术表现上，都称得上当代文学史上的一部杰作。

刘震云（1958—），80年代创作的新写实系列小说，如《一地鸡毛》《官场》《单位》等，曾经引起很大反响。90年代以后，刘震云的创作开始转向新历史主义，发表了多部长篇小说。在第一部长篇小说《故乡天下黄花》里，刘震云抛弃了主流历史观，把自己对历史的理解融进了马村半个世纪的权力斗争中。从抗日战争国共两党的斗争、土地改革中的权力交替到"文革"造反派的夺权，小小的村庄，展示了古老中国半个世纪的复杂社会历史面貌，贯穿这一历史之中的是人们对权力的迷恋和争夺。尽管历次的争战都以残忍、血腥结束，但最后的胜利者总是会以正义的名义掩盖那些丑陋的真相，其他人则在愚昧无知中甘心成为历史的牺牲品。

1993年刘震云又发表了"故乡"系列的第二部长篇《故乡相处流传》，这部小说中曹操、袁绍等三国时期的英雄，到了明清时期都还原为普通的小人物，身份低微、任人驱使。刘震云用一种嘲笑的态度来描写历史，深刻揭示了历史的非理性和非人性。

余华（1960—），80年代与苏童、格非齐名的"先锋派"小说家，创作了《现实一种》《难逃劫数》等小说。90年代，余华开始转向新历史主义小说的创作，长篇小说《活着》《许三观卖血记》等不再像他早期的先锋小说那么深奥难懂，而是以一定的现代意识来关注现实生活。《活着》的主人公徐福贵本是地主家的大少爷，但他沉迷赌博，屡教不改。妻子家珍一气之下带着女儿回了娘家。福贵输光了全部家产，把父亲气死了。一年后，家珍带着女儿和怀中的男婴回了家，一无所有的福贵决心改过，靠自己的劳动好好儿过日子。国共内战的时候，福贵被国民党抓去当兵，后来被共产党俘虏。获释回乡后，福贵终于跟妻子儿女团圆。新中国成立后，福贵因家产早就输光，幸运地被划成贫农成分。此后，不幸接连发生，儿子、女儿、妻子、女婿、外孙

先后死去，只剩下年老孤独的福贵和伴随着他的一头老牛活着。

看着亲人一个一个死去，福贵感叹：“做人还是平常点好，争这个争那个，争来争去赔了自己的命。像我这样，说起来是越混越没出息，可寿命长，我认识的人一个挨着一个死去，我还活着。”余华通过一个小人物的命运，表现了中国人在艰难的生存状态下忍受一切苦难、不幸、无聊、平庸的精神。这种“忍受”既包含了一种古老的生命哲学，也突显了时代的荒谬感。

余华 1995 年发表的《许三观卖血记》实现了又一次艺术转型，他用温暖的情感叙述了许三观朴素、平凡的磨难人生。他不再进行任何技巧性的包装，小说语言也回归到最朴素的境界。

思考题

1. 什么是新历史主义小说？《妻妾成群》的新历史主义特征表现在哪里？
2. 为什么说《妻妾成群》的小说风格是古典的？
3. 颂莲这个人物的悲剧性表现在哪里？
4. 简单介绍新历史主义小说的其他代表作家。

第十四章 王朔与《动物凶猛》

王朔，1958年8月23日出生于江苏南京，祖籍辽宁岫岩。中国当代作家、自由写作者。

第一节 王朔小传

王朔六个月大的时候就随父母来到北京。母亲是一名医生，父亲是解放军政治学院的一名教员。从小在军区大院的生活，给王朔留下了深刻的印象，成为他日后小说中十分重要的素材。

王朔

王朔少年时期在北京的韶山中学就读。1976年清明节因为参加天安门广场悼念周恩来总理、声讨“四人帮”的活动，被关押了三个月。同年中学毕业后就进入中国人民海军北海舰队，当了一名卫生员。

1978年，中国恢复高考，王朔产生了报考文科的想法，于是开始练习写作，还把自己的作品投稿给《解放军文

艺》，结果竟然发表了。这就是他的第一部短篇小说《等待》。那时的王朔走的还是一条传统的创作路子，他说自己“深受一种狭隘的文学观影响，认为文学是一种辞典意义上的美，是一种超乎我们生活之上的纯粹。要诗情画意，使用优美纯正的汉语书面语；要积极、引人向上”。

参军四年之后，王朔复员回到了北京，被分配到医药公司当业务员。他对这份工作没有多少兴趣，就在 1983 年辞职了。辞职以后的王朔曾经试图经商，搞过营销，卖过家用电器，还跟人合开过饭店，但是都不成功，最后才为了谋生而开始写作。不过这段经商的经历却为王朔积累了丰富的社会生活经验，后来写进了他的小说《橡皮人》及《许爷》中。

王朔曾经的商人经历使得他懂得什么东西适合销售，他首先选择了在普通人眼里具有神秘色彩的空中小姐作为自己的描写对象。1984 年，王朔的第一部中篇小说《空中小姐》在《当代》杂志上发表，并大获成功。1985 年，他又跟沈旭佳（后来的妻子）合作发表了自传性小说《浮出海面》，不久就被拍成电影《轮回》。1986 年，王朔发表了《一半是火焰，一半是海水》，引起轰动和广泛争议。王朔也从此成为走红作家。

从 1984 年开始，王朔共创作了《空中小姐》《浮出海面》《一半是火焰，一半是海水》《橡皮人》《顽主》《一点正经没有》《无人喝彩》《动物凶猛》《玩的就是心跳》等中篇小说 22 部；《千万别把我当人》《我是你爸爸》《看上去很美》等长篇小说 3 部；《编辑部的故事》《渴望》《爱你没商量》等电视剧剧本 3 部；还与电影导演冯小刚合作编写了电影剧本《一声叹息》《非诚勿扰 2》《私人订制》，取得了不俗的票房成绩。

1997 年 1 月，王朔在美国纽约、洛杉矶、旧金山等地生活了半年，很难找到文学创作的灵感和动力，随后回国。近年来，他的

创作活动大为减少，仅在2000年创作了长篇小说《看上去很美》，2007年创作了哲理小说集《我的千岁寒》及自传性的散文书《致女儿书》，风格与80年代末90年代初的口语化作品大不相同，变得精致、细腻、简洁，更富诗意了。

第二节　中篇小说《动物凶猛》

中篇小说《动物凶猛》最早发表于1991年的《收获》杂志，在王朔的创作史上占有重要的地位。很多读者是因为喜欢《动物凶猛》而喜欢上王朔的。

“文革”时期，王朔的家庭由于他父母的军人身份而未曾受到冲击。20世纪60年代末70年代初，各级学校仍处于不正常的状态中，正常的教学秩序被废弃，教师地位极其低下，学生无心学习，常常跟社会上无所事事的青少年聚众打架。这一切都成为了他记忆中的“阳光灿烂的日子”。《动物凶猛》的故事就是以此为背景展开的。

王朔代表作《动物凶猛》

70年代中期，主人公“我”15岁，在北京一所离家很远的中学读初三，每天得乘公共汽车从东城到西城穿过整个市区去上学。

“我”不爱上课，常常逃学，在附近的居民区闲逛。“我”找到了一个爱好，就是用自制的“万能钥匙”去开居民家的门锁。每次成功地打开别人家的锁，“我”都能感受到一种胜利的喜悦，但“我”并没有偷东西的欲望，往往是

在别人家东看看、西看看之后，就关上门离开了。

有一天，“我”又撬开了一家人家的门，在主人家的房间里发现了一张相框里的照片，照片上穿着连衣裙、摆着姿势的漂亮姑娘给“我”留下了美好的印象，“我”一直渴望着能够亲眼见到照片中的人。后来，“我”从朋友口中得知，这个照片里的姑娘叫米兰。

有一次，“我”终于在上学的路上遇见了米兰，还主动跟她打了招呼。开始米兰把“我”当小孩子看，不怎么搭理“我”，后来“我们”聊着聊着就熟起来了。米兰已经工作了，在离城很远的地方上班，所以每天很晚才能回家。她催促“我”去上学，同时答应“我”可以在她休假的这段时间去她家找她玩儿。

“我”跟米兰认识后，常常去她家玩儿，听她说话，跟她聊天儿，觉得很满足。“我”还邀请米兰去“我们”家的军队大院玩儿，并骄傲地把米兰介绍给“我”那帮朋友们。“我”很希望他们赏识米兰，甚至追求米兰，这样就可以显示出“我”的本领和“我”的潇洒、大方，让朋友们看重“我”。所以，当米兰跟高晋、高洋兄弟聊得高兴的时候，“我”故意显出满不在乎的样子。

不久，米兰跟高晋的关系越来越密切了，甚至打算到高晋父亲的部队里去当文艺兵。他们俩对疏远“我”感到了一些抱歉，于是每当“我”在场的时候，他们就表现得特别客气。这种气氛让“我”很不舒服，“我”内心的不满逐渐转变成一种仇恨，而这仇恨只是对着米兰一人的。于是“我”常常当着大家的面捉弄、嘲笑米兰，甚至侮辱、谩骂她，终于跟高晋之间产生了一场冲突。但“我”不想破坏跟高晋的关系，马上又跟他和解了。

但“我”对米兰的仇恨却没有减轻，在“我”眼里，米兰不再漂亮、可爱，甚至变得十分丑陋、臃肿。“我”一心想发泄自己对米兰的憎恨。于是有一天“我”跟在米兰的身后进了她家，粗暴地强奸了她。“我”想用这样的方式让米兰永远记住“我”。

从这以后，“我”跟米兰就再也没有联系过。高家兄弟不久也都参军去了，“我”和从前的那些朋友们都各自走上了不同的人生道路。

许多年之后，“我”已经是个成功人士，过着体面的生活。有一天，“我”在火车站送人的时候，看见了一位带着孩子的中年妇女，那个女人看上去很苍老，“我”把她当成陌生人。但送完人之后，“我”才突然想起来，这个女人似乎是米兰。

第三节　商业性写作的典范

90年代初的王朔以大胆张扬而无所顾忌的文字成为文坛上走红一时的“痞子”[①]作家。他的作品大致可以分为两类：一类是言情小说，比如《空中小姐》《一半是火焰，一半是海水》等；另一类是“顽主[②]系列”小说，比如《顽主》《过把瘾就死》《玩的就是心跳》等。这两类小说都属于商业化写作的成功典范。

王朔小说的独特性在于，他完全脱离了新时期文学探索历史、展现宏大理想、实现人生抱负之类的主题，表现出一种游戏人生、游戏爱情的生活态度。因此，他的主人公不再是开拓者、改革者、实干家等了不起的英雄人物，而是一群玩世不恭、游手好闲的社会边缘人物。他的小说回避了人生、社会等沉重话题，不谈崇高、不谈优雅，而以生动曲折的故事情节和陌生化的写作方式吸引了大批读者，也招来了不少批评之声。

王朔没有受过正规的文学教育，他把自己的成功归结为自己的创作“天赋”。不论这种自夸是否属实，有一点是肯定的，那就是

① 指流氓、无赖等一类流里流气的人。

② 北京地区对聪明仗义但不务正业，游手好闲但不堕落的一种社会人员的统称。

王朔非常善于观察读者反映，留心市场需要；随时调整自己的写作策略，并充分利用现代传播媒介为自己营造市场氛围。

王朔用自己经商的经验来处理文学“产品”，他说：“虽然我经商没成功，但经商的经历给我留下一个经验，使我养成了一种商人的眼光。我知道了什么好卖。当时我选了《空中小姐》，我可以不写这篇，但这个题目，空中小姐这个职业，在读者在编辑眼里都有一种神秘感。而且写女孩子的东西是很讨巧的。果不其然，我不认识《当代》的编辑，稿子寄过去不久就找我谈。我要是写一个老农民，也许就是另外的结果了。”

为了寻求读者市场，王朔的写作和市场需要之间形成了双向的选择，他还在这个过程中不断调整和转换自己的写作角度。他明确地表示自己的写作是为了名利，是“冲着某类读者去的。《空中小姐》《浮出海面》还没有做到有意识地这样，它们吸引的是纯情的少男少女。《顽主》这一类就冲跟我趣味一样的城市青年去了，男的为主。后来又写了《永失我爱》《过把瘾就死》，这是奔着大一大二女生去的。《玩的就是心跳》是给文学修养高的人看的。《我是你爸爸》是给对国家忧心忡忡的中年知识分子写的。《动物凶猛》是给同龄人写的”。而他的电视剧剧本《编辑部的故事》和《渴望》则“想让老百姓做个梦玩。《渴望》是给中年妇女看，《编辑部的故事》是给小青年看的”。

八九十年代的中国社会正处于剧烈的变革时期，追求金钱、轻视传统价值观的精神倾向已经悄悄抬头，但只是在人们的潜意识里暗暗涌动。而王朔的小说却将这种精神倾向清晰地表露出来，自然引起了许多人的共鸣，受到很多读者的欢迎，也必然会引来批评的言论。一时间，王朔作品中主人公的自嘲言论，如“我是流氓我怕谁”“千万别把我当人”“一点儿正经没有”等，成了人们欣赏、模仿的对象。王朔的多部小说后来都被拍成了电影、电视剧，有很高的上

座率和收视率，也进一步说明了王朔小说在当时受欢迎的程度。

作为商业文化和市民文化的代言者，王朔曾经红遍了中国的大江南北，成为90年代中国文坛一位非常独特的作家。

第四节 《动物凶猛》的叙事特点

《动物凶猛》是王朔所有作品中商业味最淡的一个。它的最大特点在于追忆和自我剖析的叙事方式为作品带来了浓郁的个人化色彩，因而不同于以往那些商业化写作的审美趣味。

《动物凶猛》的主人公“我”仍然有着王朔以往小说《浮出海面》《顽主》《玩的就是心跳》等主人公的影子，不过，《动物凶猛》表现的是他们的青少年时代。女主人公米兰也具有王朔笔下女性常见的那种既天真可爱又随意放荡的特性。但是跟以往那些小说不同的是，《动物凶猛》中的许多情节并不是为了讲述一个吸引人的故事而存在的。情节在这部小说中只是一个个片断、印象，相互之间并无很大关联，随着主人公的追忆、叙述，这些片断、印象组合成了一个阳光灿烂的青春世界。

一、叙述角度的转换

在这个阳光灿烂的青春世界里，最鲜明的印象就是部队大院里一群无人管教的男孩子空前的自由解放和为所欲为，还有就是“我”对米兰那种既纯洁又脆弱的爱恋。爱恋米兰是作者追忆中的主题，这段宝贵的经历曾经带给“我”巨大的幸福和迷乱的情感。出于虚荣心，“我”忍不住把米兰当成了向伙伴们炫耀的工具。故事讲到这里突然中断了，叙述者的声音插了进来，他开始怀疑这个故事的真实性。为什么会怀疑呢？因为米兰跟“我”的玩伴越来越亲密了，

他们之间似乎无话不谈，这引发了“我”无可抑制的嫉恨。于是，米兰在“我”心目中的美好形象立刻发生了巨大转折，变得丑陋、下流了，朦胧美好的初恋一瞬间被破坏了。

故事叙述到这里，叙述者却停下来进行自我怀疑，使得接下来的叙事变得充满了不确定性。这时他才坦白，原来故事的前半段叙述“我”与米兰如何结识并相熟的过程全是虚构的。事实上，那年夏天“我”只是对一个少女产生了单方面的爱恋和想象，“我”对少女朝思暮想，而少女却一无所知。真实的事实并不如意，于是叙述者为“我”编造了这样一段美丽的经历。故事写到这里，便出现了真实和虚假这两条线索。叙述者经过一番思量之后，说服自己继续那条虚假但美好的线索，最终完成了整个故事。

但故事的结局并不美丽，“我”强暴了米兰，却没有得到满足，反而给自己年少的心灵造成了永远的伤害，一段美丽灿烂的记忆也就此毁灭了。在那个精神体系全面崩溃的年代，也许只有靠毁灭别人来结束一切，靠动物的本能来取代失去的梦想。

二、情节虚构的效果

王朔在《动物凶猛》中尝试了一种违反常规的叙事方式，使得一个少年在那个具有破坏性的混乱年代里那种无边的幻想和自由的情感方式，得到了极大的宣泄，也产生了强烈的吸引力。成年之后，这样的情感方式也就永远地消失了。只有在那个没有秩序的动荡年代里，一个少年可以依靠单纯的欲望来构造自己的想象空间。这个空间也许是大胆、无知而粗野的，但却是独一无二的。作者同时也借强暴米兰这一虚构的情节表明，一切美好的想象如果超越了纯洁天真的界限，就会变得丑陋、可怕并令人空虚、绝望。小说正是在这个意义上呈现了一个普通少年在特定年代里残酷、凶猛的成长历程。

令人稍感欣慰的是，若干年后，作品的主人公最终告别了反叛的青春期，向生活妥协，重回正常的人生轨道，并在30岁以后过上了体面的生活。这或许也是作者表现出的一种与社会和解的姿态。

从语言风格上看，“调侃”本是王朔最大的语言特色，是他用来嘲弄权威、反叛传统价值观的武器。不过，在《动物凶猛》中，王朔独有的这种调侃、嘲弄的游戏式语言已经很不明显了，取而代之的是对青春期所有困惑、迷茫、焦虑与狂乱情绪的直白表达，而这跟小说的主题恰好是相符的。

第五节　90年代自成一格的小说创作

90年代是一个文化转型的复杂年代，主流小说、新写实小说、新历史小说、新体验小说等流派层出不穷，商业化写作、大众化思潮改变了人们对于文学的一贯认识和写作态度。随着多元化文学格局的形成，各种主义、流派并存，雅与俗、严肃与游戏、道德与非道德的界线开始变得模糊。

王小波代表作《黄金时代》

王小波（1952—1997）的创作在90年代的文坛曾与王朔一样饱受争议。他80年代留学美国，回国后在大学任教，1992年辞职成为自由撰稿人，代表作有长篇小说“时代三部曲”（《黄金时代》《白银时代》《青铜时代》三部小说集）和杂文集《思维的乐趣》等。

王小波的小说最受争议的是他对

性的大胆描写。这不仅体现在人物的语言和行为上，也体现在作者对性行为和性器官的诙谐描写上。在王小波看来，既然饥饿时代吃会成为主题，那么在一个性遭到禁锢的时代，性也必然是生活的主题。在中篇小说《黄金时代》里，知青王二与陈清扬肆无忌惮的性爱是对美化或回避性的传统观念的挑战，也是对荒谬时代所谓正统观念的玩世不恭式的嘲笑。小说的主角“王二”是一个具有“符号”性质的人物，也是王小波其他许多小说中共有的主人公或者故事叙述者，无论是“文革”时代的知青，还是研究数学定理的现代数学家，王二都代表着一种处于时代潮流边缘的非英雄人物，他游戏人生、无视正统观念的态度颠覆了传统小说的人物形象。

除了性爱描写，王小波的叙事风格也是自成一体的。这表现在他自由的叙事和诙谐的语言上。“时代三部曲”的故事背景跨越了不同年代，展示了中国知识分子过去、现在和未来的命运。王小波在叙事中随心所欲地变换视角，用穿越时空的人物对话叙写了人类生存状态的荒谬，以及权力对人性和创造欲的压制。王小波的语言极具喜剧性和诙谐感，面对荒谬时代的暴力和专制，他用一种顺从、迎合的揶揄态度，营造出喜剧的氛围。奇妙的思想、即兴的比喻、机智的议论，使得看似粗俗、戏谑的描写充满了庄严的思考。

“在边缘处写作”是新生代作家的标志，指的是一群60年代后出生、90年代走上文坛的作家的创作特点。这些作家在小说风格上存在着明显差异，有的重视小说的主题意义和写作技巧的探索，如毕飞宇、鲁羊、刘剑波、东西等；有的侧重于对现实生存境况的观察和描写，如何顿、朱文、韩东、邱华栋、述平、徐坤等；还有的则强调私人化的生活经验，如女性作家陈染、海男等。但新生代小说作家的共同点也是显而易见的：他们中的不少人都辞了职，以写作为生。写作因此成为他们的生活方式，小说内容因此与他们的自身生活重叠在一起。“在边缘处写作”意味着文学已经不再依赖传统

的规范、经验和技巧，写作目的不再是进行道德指导或满足公众的欣赏需求，而是纯粹的个人化产物。他们可以最大限度地发挥自己的想象力，随心所欲地组织自己的话语，用最朴素的语言来表现现实生活、传递个人经验、表达个人声音。毕飞宇的《叙事》、鲁羊的《银色老虎》、何顿的《无所谓》、朱文的《我爱美元》、邱华栋的《手上的星光》等小说都从自身经验出发，表达了人生种种的困境和心灵的迷惘。

卫慧、棉棉是70年代出生的女作家，她们90年代的小说把个人化的写作带入了另一个极端。卫慧的《上海宝贝》和棉棉的《糖》等小说极其大胆地描写了女主人公的身体及对性的欲望，还有她们挣扎于爱、欲之间难以自拔的困惑。评论界称她们的作品为"身体写作"，更严厉的批评甚至视其为色情小说。这也从某种角度说明，私人化的写作一旦丧失道德美感和精神意义，一味靠物欲的满足、肉体的欢乐来迎合低俗的欣赏口味，就会丧失文学的特质和意义。

思考题

1. 以王朔为例谈谈商业性写作的特点。

2.《动物凶猛》的叙事方式具有怎样的特点？

3.《动物凶猛》的语言风格与王朔以往的作品相比有什么变化？

4. 90年代自成一格的小说家还有哪些？请举例说明。

第十五章　王安忆与《长恨歌》

王安忆，1954年3月出生于江苏南京，祖籍福建同安。中国当代最有成就的女作家，现任中国作家协会副主席、上海市作家协会主席、上海市政协常委、复旦大学中文系教授。

第一节　王安忆小传

王安忆的母亲是作家茹志鹃，父亲是剧作家王啸平，她一岁多时随父母移居上海。读小学期间，她常常参加区、市的儿歌写作比赛，对文学有着很深的感情和爱好。

1969年，王安忆初中毕业，第二年就到安徽五河县头铺公社大刘庄大队插队劳动，成了一名知青。1972年，王安忆考入江苏省徐州地区文工团，1975年冬开始发表文学作品，《向前进》是她的第一篇散文作品。1978年，王安忆回到上海，在《儿童时代》杂志社担任小说编辑。不久，她发表了第一部短篇小说《平原上》。

王安忆

1980年，王安忆在《北京文艺》上发表了小说成名作《雨，沙沙沙》，并参加了

中国作家协会第五期文学讲习所的学习，还于1983年参加了美国爱荷华大学“国际写作计划”的文学活动。1987年，王安忆调入上海作家协会，从事专业文学创作。

王安忆在中国当代文学创作领域取得了令人瞩目的成就，她的许多作品被翻译成英、德、荷、法、捷、日、韩、以色列等多种文字，在国外出版发行。她的主要中短篇小说集有《雨，沙沙沙》《流逝》《小鲍庄》《尾声》《荒山之恋》《海上繁华梦》《神圣祭坛》《乌托邦诗篇》等，主要长篇小说有《69届初中生》《黄河故道人》《流水三十章》《米尼》《纪实与虚构》《长恨歌》《富萍》《上种红菱下种藕》等。其中，《本次列车终点》获得1981年全国优秀短篇小说奖，《流逝》获得1981—1982年全国优秀中篇小说奖，《小鲍庄》获得1985—1986年全国优秀中篇小说奖。而长篇小说的成就更加引人注目：1996年，《纪实与虚构》获得《联合报》读书人最佳书奖；同年，《长恨歌》获得《中国时报》开卷好书奖，又于1998年，获得第四届上海文学艺术奖；2000年，王安忆凭借《长恨歌》又获得第五届茅盾文学奖，并被全国百名评论家选为90年代最有影响力的十位中国作家及作品之一；2001年，《富萍》使王安忆再次获得《中国时报》开卷好书奖；2002年，《上种红菱下种藕》又获《中国时报》开卷好书奖及《联合报》读书人最佳书奖；2005年，长篇小说《遍地枭雄》获得《亚洲周刊》中文十大好书奖。

王安忆80年代中期以前的作品以知青题材为主，表现人生的理想和追求，擅长描写人物的心理活动。80年代后期的作品着重探索人性和生命意义，“三恋”（《荒山之恋》《小城之恋》《锦绣谷之恋》）是这时期的代表作品。

90年代以后，王安忆的写作风格有了很大变化，比如《叔叔的故事》《乌托邦诗篇》等用现实的材料来虚构故事，再用小说的精神来改造平凡俗常的世界。到了《长恨歌》里，她的语言风格变化更大，由简洁变得绵密繁复，极其细致地写出了上海的城市精神。

第二节　长篇小说《长恨歌》

《长恨歌》的故事发生在20世纪40年代的上海。王琦瑶是典型的上海弄堂的女儿，漂亮，然而只是一种小家碧玉的美。在电影厂第一次试镜的时候，王琦瑶失败了。导演为了补偿她，就请摄影师程先生为王琦瑶拍了几张照片，寄给了《上海生活》杂志社，不久就有一张被选为封二照片，登上了杂志。还是中学生的王琦瑶一下子成了学校的名人。同班同学蒋丽莉是资本家的女儿，她很羡慕王琦瑶，还邀请她参加自己的生日晚会。从那以后她们俩就成了好朋友。

1946年，河南闹水灾，各地都在募捐救济，上海则通过选举“上海小姐”来筹集救灾款。摄影师程先生最初提出让王琦瑶去参加竞选，蒋丽莉就热心地开始张罗，连自己的母亲都动员起来为王琦瑶拉选票。最后，王琦瑶得到了第三名，一下子变成了上海滩的公众人物。从此，王琦瑶、蒋丽莉和程先生三人成了形影不离的“三人组”，常常一起看电影、逛街、吃饭。但是三人的关系却并不自然：蒋丽莉喜欢程先生，程先生却爱慕王琦瑶。为了照顾蒋丽莉的感受，王琦瑶只好回避程先生的感情。

王安忆代表作《长恨歌》

就在这时，李主任出现了。王琦瑶被一家百货公司请去为公司开业剪彩，李主任是那家百货公司的股东，也是军政界的大人物，在上海很有势力。他在

“上海小姐”的竞选会上就见过王琦瑶，这次开业剪彩请王琦瑶参加也是他的主意。李主任做事果断，在女人的问题上也一样。他看中了王琦瑶的美貌和天真，很快就抓住了王琦瑶的心。王琦瑶则在这个中年男人的身上看到了强大的力量和依靠，很顺从地做了他的外室，住进了神秘而奢华的爱丽丝公寓。

然而，李主任公务繁忙，平日里难得跟王琦瑶相聚。上海解放前夕，时局更加动荡，王琦瑶天天等待李主任，身心不安。不久，李主任因飞机失事死去，把一盒金条和无尽的悲伤留给了王琦瑶。

解放后，王琦瑶搬进了一个普通的弄堂里，靠给人打针、护理病人来养活自己。这时，她认识了旧家庭出身的康明逊，两个旧时代的人同病相怜，产生了恋情。可是，康明逊的家庭是守旧的老式家庭，不可能让他娶一个像王琦瑶这样来历不明的女人。他们俩明知道没有结果，还是过一天算一天。最后，王琦瑶生下了康明逊的私生女薇薇。

在历次的政治运动中，王琦瑶都是边缘人物，她依然过着自己的日子。这期间，昔日的好朋友蒋丽莉得肝癌去世了，程先生一直没有结婚，后来也在“文化大革命”刚开始的时候跳楼自杀了。王琦瑶孤身一人带大了女儿，终于等到了新时代的到来。

80 年代中期，女儿薇薇结婚后跟随丈夫去了美国，陪伴王琦瑶的是薇薇的同学张永红和她的男朋友“长脚”，还有一个外号叫“老克腊”的年轻小伙子。这群迷恋旧上海繁华的年轻人，在王琦瑶身上找到了老上海的影子，常常到王琦瑶家里来开舞会、听音乐、喝咖啡、过圣诞节、谈论服装时尚。王琦瑶曾经的“上海小姐”身份更是让他们仿佛找到了昔日的都市时尚。

“老克腊”分不清楚自己的感情是什么，竟然糊里糊涂地爱上了比自己大 30 岁的王琦瑶，孤单一辈子的王琦瑶似乎也需要一点温暖和体贴。但是，这样一种感情终究不可能长久，“老克腊”从幻想中

清醒过来后，终于决心跟王琦瑶断绝关系，王琦瑶拿出自己藏了多年的金条也没能挽回“老克腊”的心。而一心想发财的“长脚”却起了坏心，他偷偷潜入王琦瑶的家，想去找传言中李主任留下的那一大笔财产，没想到被王琦瑶发现，争执之中，“长脚”杀死了王琦瑶。

“上海小姐”王琦瑶 50 多年的人生就这样落幕了。

第三节 《长恨歌》的上海文化精神

美国哥伦比亚大学东亚系及比较文学研究所教授王德威曾经指出，王安忆的创作具有三个特征，分别是“对历史与个人关系的检讨”，“对女性身体及意识的自觉”，对“‘海派’市民风格的重新塑造”。这部《长恨歌》正好或多或少地集中体现了这三方面的特征。

一、历史与个人的命运

王安忆没有在小说中正面地叙述历史事件的发生，而是把 40 年的历史变迁切成了一块块的碎片，在王琦瑶的生活中一点一滴地体现出来。城市的命运融化在人物的命运里，人物的命运也就成了城市的命运。人生的苍凉，也透露出历史的苍凉。

在《长恨歌》里，王安忆笔下的历史只是时间的代表，她极力描写的是带有不同阶段历史特点的氛围、气息和感觉，是特定阶段人们的生存面貌、精神状态、人生趣味。比如“文革”开始的 1966 年，在《长恨歌》里并没有多少史实的记录，而是以感性的面貌出现：“一九六六年的夏天里，这城市大大小小，长长短短的弄堂，那些红瓦或者黑瓦、立有老虎天窗或者水泥晒台的屋顶，被揭开了。多少不为人知的秘密暴露在光天化日之下。……这个夏天里，这城市的隐私袒露在大街上。由于人口繁多，变化也繁多，这城市

一百年里积累的隐私比其他地方一千年的还多。”人们看见的那些被砸、被烧的私人财产，此时“都是隐私的残骸，化石一样的东西”。而程先生的屋顶也被揭开了，他变成了人们传言中的情报特务。被关了一个月后，程先生就在被释放回家的当天凌晨，从自家的窗台上跳下去了，“身轻如一片树叶，似乎还在空中回旋了一周”。这看似平淡冷静的描述，实际上隐含着作者沉痛的历史悲凉感。

作者对历史的描写不带任何政治色彩，因而《长恨歌》中的史实显得很平实、真切，与人物的交融也更加和谐一体。

二、王琦瑶的女性意识

《长恨歌》成功地塑造了王琦瑶的形象。王琦瑶是“典型的上海弄堂的女儿”，漂亮温婉、精明世故、顽强而有韧性，总是顾全大局而不惜委屈自己。只不过，她的这些优点并不是用来实现什么伟大的人生目标，而仅仅是求得最安全、最幸福的生存。

王琦瑶当上了“上海小姐”之后，未来仿佛有无数的美景等着她，而她果真等来了李主任。李主任是男性权力的象征，他的威武和权势，他那胸有成竹、掌握一切的男性魄力，都令王琦瑶不由自主地顺从、听命，她没有任何挣扎，就被李主任征服了，她等待着他“将她的命运拿过去，一一给予不同的负责”。这个负责对王琦瑶来说至关重要，她需要在男人强有力的保护下生活。至于摄影师程先生，那只是万一不行就退一步的保险。

19 岁的王琦瑶清醒而成熟，清楚地知道自己想要什么。她不向往虚幻的爱情，不想把时间浪费在空虚的恋爱上。她只想趁美貌、年轻的时候抓住实际、可靠的东西。程先生固然是个好人，但他的温顺、柔弱，却很难让女人找到踏实的感觉。只是，王琦瑶没有想到，战乱年代里，其实什么都是没有保证的。李主任一死，王琦瑶

的安全感也立刻失去了。

但是，王琦瑶却在时代的动荡、变迁里变得更坚强，更有韧性，更具母性的包容。她明知道康明逊无法对她负责，却仍然毫无怨言地生下了他的孩子，并独自把孩子养大。这其中除了她自己不肯服输的个性以外，李主任的那盒金条也是她强大的支柱。最苦最难的时候，那盒金条都能给她带来安慰，增加底气，支撑她度日。谁能说当年的选择完全是错误的呢？

作为一个弄堂里走出来的年轻女孩，王琦瑶的选择其实是很有限的。她理性地做出了自己的判断，选择了物质，选择了精神上的安稳，同时也勇敢地承担起了这个选择可能带来的一切后果：独身女人的寂寞，独自生养孩子的痛苦，时代的冲击与淘汰等等。

王安忆很善于从小人物身上发现“英雄性”，她说：“我比较喜欢那样一种女性，一直往前走，不回头，不妥协。但每个人都有他的局限性，一直往前走，也可能最终把他自己都要撕碎了，就像飞蛾扑火一样。在现实中我没有这样做的勇气，在小说中我就塑造这样的人物……持久的日常生活就是劳动、生活、一日三餐，还有许多乐趣，这里体现出来的坚韧性，反映了人性的美德。”王琦瑶是无助的、孤独的，同时也是强大的、勇于承担的。也许这就是现代女性的命运。

三、上海的城市精神

王安忆在谈到《长恨歌》的创作时曾经说，她要通过这部小说写出一个城市的故事，要表现城市的街道，城市的气氛，城市的思想和精神。

20世纪上半叶，中国真正具有现代意义的城市并不多，而上海应该算作一个。在最近一百多年的时间里，随着西方势力的逐步扩张，这个昔日的小渔村逐渐演变为东西方政治、经济、文化交融的

大都市。尤其是20世纪30年代以后，“东方巴黎”“十里洋场”“冒险家乐园”等称号，更为这座城市增添了一种奇异而神秘的色彩。

“要写上海，最好的代表是女性。”在王安忆看来，上海是一个女性形象，是中国近代诞生的奇人。“她没有传统，没有历史，忽然被抛上新舞台，流光溢彩，令人眩目。上海女性有一股勇往直前的劲头，更有一种韧性，能委屈自己，却永远不会绝望。上海这个城市的精神就像上海的女性，没有太高的升华，却也没有特别的沦落，她有一种平民精神。”王琦瑶的人生也是如此，没有大起大落、大喜大悲，平平淡淡的日常琐碎中，隐含着作者对上海城市精神的思考和诠释。

在《长恨歌》的开头，王安忆用了大量的笔墨描写上海的弄堂景观，因为这里正是上海的城市精神诞生的地方。从这个弄堂里走出去的上海小市民们懂得人情世故，熟知人情礼数规范，擅长利用人际关系中的种种技巧。他们精打细算，谨言慎行，在任何政治风浪中都会尽可能地保留自己的生活方式，他们在新旧时代的交替中经受着各种磨炼，造就了顽强的生存能力。

王琦瑶和程先生作为旧时代过来的人，在解放后都躲进了自己的小房子里过着边缘化的生活。但即使是在这样的时代背景下，他们仍然执著于有声有色的日常生活。他们发现了两个人的经济合并起来的好处，于是程先生把自己工资的一大半交给王琦瑶，以便用两个人的力量更好地规划日常的生活开销。他们精心设计每一顿饭的内容，合理地安排每一笔支出，体会着其中的乐趣。上海文化就这样“把人生的日常需求雕琢到精妙的极处，使它变成一个艺术……上海的生活就是这样将人生、艺术、修养全都日常化，具体化，它笼罩了你，使你走不出去”。

王琦瑶的一生，无论是解放前夕住在爱丽丝公寓没完没了地等待李主任，还是60年代独自一个人生下女儿薇薇，或者是进入老年之后无人陪伴、孤独地生活，她的每一个人生阶段都体现着上海人

特有的生活观念和顽强的生命力。王琦瑶最终的悲剧结局，则表现了作者对精致的上海生活一去不复返的伤感。

第四节 《长恨歌》的叙述风格

从《小鲍庄》、“三恋”、《叔叔的故事》、《纪实与虚构》到《长恨歌》、《我爱比尔》、《富萍》、《上种红菱下种藕》等作品，王安忆的写作风格一直被评论家认为是多变的，很难归到某一流派、某一类型中去。对这一点，王安忆自己是这样说的：“我觉得我的作品是随着自己的成长而逐渐成熟。如果说有变化那就是逐渐长大逐渐成熟。我并没有像评论家说的那样戏剧性的转变。”越写越独特，越写越成熟，这应该可以准确地概括王安忆二十多年来的文学创作。

的确，王安忆在《长恨歌》中就鲜明地体现了她对现代小说叙述艺术的成熟把握。作品的叙述语言精练沉着、从容不迫，议论也是精辟深刻，充满智慧。整部小说自然流畅，没有刻意的情节安排，更没有刻意的语言雕琢。因为描写的是小人物在大时代的人生命运，重点在于饮食男女、吃穿用度等身边琐事，这就决定了《长恨歌》在写作风格上的细致、繁密。

比如小说的开篇部分就用了四节的篇幅叙述上海的弄堂、闺阁、流言、鸽子，在作者不厌其烦的叙述中，这些事物完全以静态出现，没有人物的衬托，却处处显出上海这座城市的精华和生命力所在。小说的中心人物王琦瑶正是吸收了这所有精华和生命力的上海女儿，象征着这座城市的精神。

“上海的弄堂是性感的，有一股肌肤之亲似的。它有着触手的凉和暖，是可感可知，有一些私心的。积着油垢的厨房后窗，是专供老妈子一里一外扯闲篇的；窗边的后门，是供大小姐提着书包上

学堂读书，和男先生幽会的；前边大门虽是不常开，开了就是有大事情，是专为贵客走动，贴了婚丧嫁娶告示的。它总有一点按捺不住的兴奋，跃跃然的，有点絮叨的。”这段文字看起来琐碎、繁复，内在却透露出作者深刻细致的观察和思考，体现出作者对上海世态人情的深刻理解和领悟。

在作者一笔一画的细致勾勒中，上海的电影厂、照相馆，选美比赛，爱丽丝公寓中没有尽头的等待，平安里小市民的家长里短，甚至衣服的式样、点心的花样等等，都如电影一般，历历在目，让人好像亲身经历了40年的人世沧桑。与其说是王琦瑶的故事动人，不如说是这些旧上海的繁华景致不复存在更令人惆怅叹息。

第五节　90年代日益成熟的女性创作

90年代是女性写作的繁盛期。凭借80年代中后期的女性创作提供的思想资源，加上欧美女性主义理论在全球的广泛传播，中国的女作家们开始了积极的自我发现和探索，用自己的写作实践向传统的写作意识发起了挑战，致使90年代的女性创作明显走向成熟。除王安忆以外，铁凝、池莉、方方、毕淑敏、陈染、林白等女性作家也取得了不俗的成绩。

铁凝（1957—），80年代初描写乡村女子向往外部世界的著名短篇小说《哦，香雪》，为她的女性创作打下了基础。90年代末创作的长篇小说《大浴女》超越了《哦，香雪》的思想，细致地刻画了章妩与女儿尹小跳、尹小帆两代人之间的情感纠葛。通过女主人公尹小跳曲折艰难的成长过程与情感经历，表现了女性与男性、与时代之间难以调和的关系。铁凝的创作一直探求人，尤其是女性心灵深处的隐秘，关怀女性的成长和自我人格的完善。温暖而清新的

写作风格使作品的思想深度和艺术高度达到了统一。

池莉（1957—），以“人生三部曲”（《烦恼人生》《不谈爱情》《太阳出世》）等作品成为“新写实”的代表作家。她的新写实小说大多发表于80年代末90年代初，这一时期正是中国社会的转型期，池莉的小说顺应了商业化、世俗化的时代特点，以市民生活中最平凡、琐碎而又无奈的内容吸引了大众的目光，并被改编为电影、电视剧。但是，池莉对世俗人生的不干预态度也招来不少批评之声，缺乏对人性完善的追求降低了她的思想高度。相比之下，同样以市民生活为小说题材的方方（1955—）则对市民及知识分子性格与生活中阴暗、扭曲、变态的一面进行了严肃的观察与反思，她的《落日》《祖父在父亲心中》表现出了作者对道德理想的热情。

毕淑敏（1952—）20年的从医经历，使她在90年代刚刚登上文坛，就以前所未有的对生命、死亡等话题的关注而获得很高声誉。短篇小说《预约死亡》是她的“新体验小说”的代表作。在这部作品里，作者以在临终关怀医院的亲身经历为素材，提出了一个极少被关注的话题：普通人的“死亡”。通过对即将死亡的病人及其家属的内心世界所作的深刻探索，表现了作者对有尊严的死亡和生命、人性的赞赏。在《女人之约》《红处方》《血玲珑》《拯救乳房》《素面朝天》等小说中，毕淑敏也始终以冷静、严肃的客观写实态度思考人的生存状态，关注人的尊严和价值，具有强烈的使命感和责任感。

相对于上述女性作家，林白与陈染的创作则体现了典型的女性主义观念。林白（1958—）1994年创作的《一个人的战争》表现了女主人公多米的成长历程，她从幼年时期就开始了对自己身体的探索，对性的好奇使她渴望与异性的身体接触，然而大学里的性经历和恋爱却令她感到极度失望。她不愿意接受环境的摆布和社会给予她的人生角色，她要按照自己内心深处的要求去生活，她要属于自己的人生。于是，她开始了一个人的战争。

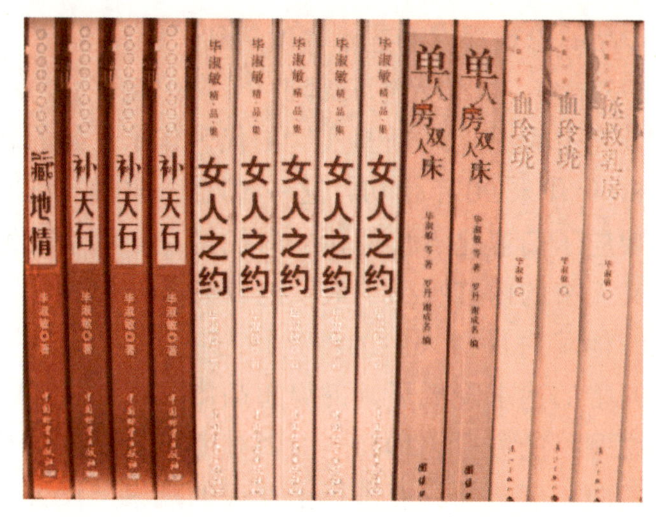

毕淑敏作品

陈染（1962—）1985年开始创作小说，90年代的作品逐渐显现出强烈的女性意识和角色差异意识。1996年的长篇小说《私人生活》是陈染最具代表性的作品，讲述了一个名叫倪拗拗的少女从肉体到心灵的成长过程。小说将女性与父母、姐妹、同性之间的关系进行了新的解释，褪去了血缘、伦理的色彩，女性与其他关系之间剩下的是最原始、本色的人性。陈染用女性的语言和感觉表达了女性改变世界的强烈欲望和巨大力量。

思考题

1.《长恨歌》是怎样处理历史和人物的关系的？

2. 王琦瑶这个人物代表了怎样的上海城市精神？她身上具有怎样的女性意识？

3.《长恨歌》的叙述风格有什么特点？

4. 90年代的女性创作有什么特点？

参考书目

1. 朱栋霖，丁帆，朱晓进主编 . 中国现代文学史 . 北京：高等教育出版社，1998

2. 钱理群，温儒敏，吴福辉主编 . 中国现代文学三十年 . 北京：北京大学出版社，1998

3. 洪子诚著 . 中国当代文学史 . 北京：北京大学出版社，1999

4. 陈思和主编 . 中国当代文学史教程 . 上海：复旦大学出版社，1999

5. 张永敏，要英著 . 中国文化读本系列——中国 20 世纪文学 . 北京：学林出版社，2001

6. 严家炎著 . 中国现代小说流派史 . 北京：人民文学出版社，1989

7. 曹文轩著 . 20 世纪末中国文学现象研究 . 北京：北京大学出版社，2002

8. 夏志清著 . 中国现代小说史 . 上海：复旦大学出版社，2005